HAYMON taschenbuch 26

HAYMON tb **26**

Originalausgabe
Haymon Taschenbuch, Innsbruck-Wien
www.haymonverlag.at/haymontb

ISBN 978-3-85218-826-3

Umschlag und Buchgestaltung:
Kurt Höretzeder, Büro für Grafische Gestaltung, Scheffau/Tirol
Mitarbeit: Ines Graus
Coverfoto: www.istockphoto.com
Autorenfoto: Katharina Stögmüller

Gedruckt auf umweltfreundlichem,
chlor- und säurefrei gebleichtem Papier.

Christoph Wagner

Muj und der Herzerlfresser von Kindberg

Ein Südbahn-Krimi

Landstraße und Eisenbahn laufen in größerer Eintracht, als das sonst zwischen Concurrenten der Fall zu sein pflegt, über die freundlichen Matten des Mürzthales mittägigen Landstrichen zu.

Peter Rosegger

Christoph Wagner

Muj und der Herzerlfresser von Kindberg

Meinen Kindberger Freunden gewidmet,
die zu dieser völlig frei erfundenen Geschichte
dennoch viel Wahres beigetragen haben.

Morgenzug

Prinz Eisenherz lenkte seinen Peugeot zur Seite, als er in der Morgensonne das glitzernde Bündel sah, das am Eingang zum Hohlweg hinauf auf den Töllmarkogel lag. Aus den zwei Dutzend wie Riesenkürbisse übereinander gestapelten Plastikballons, die das eingeschweißte Heu der vergangenen Ernte umschlossen, duftete es nach verklingendem Sommer. Doch das Bündel, das zwischen den blausilbrig schimmernden Ballen hervorlugte, wirkte wie ein beunruhigender Fremdkörper.

Als Eisenherz ein paar Meter in die vom Morgentau noch tropfnasse Wiese hineingestapft war, sah er, dass sein Instinkt ihn nicht getrogen hatte. Zwischen den Ballen eingeklemmt war ein in eine Nylonhülle eingeschlagenes Bündel, durch das etwas schimmerte, das nach Haut und menschlichen Gliedmaßen aussah. In dem mit einem Kabel abgebundenen vorderen Teil des Pakets hatte sich roter Saft angesammelt, ähnlich wie in den durchsichtigen Säckchen, in denen man zu kurz abgehangene Steaks aus der Fleischhauerei nach Hause trägt.

Eisenherz rief die Polizei und sah sich, während er auf ihr Eintreffen wartete, den Tatort genauer an. Als Taxifahrer war er schon hunderte Male an dieser Stelle vorbeigefahren, und als Jogger, wenn er mit Splinta, seiner kleinen pechschwarzen Wölfin, auf den Töllmarkogel hinauflief, war ihm der steile Hohlweg bestens bekannt.

Eisenherz berührte mit den Fingerspitzen ein paar Dutzend pralle Springkräuter am Wegesrand, von denen einige auch prompt explosionsartig aufplatzten und ihren Samen verschwenderisch ins umliegende Grün verspritzten.

Es dauerte eine Weile, bis die beiden Wachposten vom Kindberger Revier ankamen. Eisenherz kannte sie beide. Andi Dittelbacher war lang, pockennarbig und blass, Charly Pichler kurz, rund und rotnasig. Beide wirkten müde und hatten schwarze Ringe unter den Augen, trüb wie die Morgennebel, die über den Wipfeln aufstiegen, wo einsam ein Lämmergeier kreiste.

„Nur eine halbe Stunde später, und du hättest unsere Ablöse erwischt", sagte der Lange vorwurfsvoll. „Zwei ausgeschlafene Burschen, die sicher hochmotiviert wären."

„Eigentlich sollte ich schon im Bett liegen, und jetzt hole ich mir im Gras nasse Füße", murrte der Pausbäckige.

„Meine Schicht ist auch gleich zu Ende", sagte Prinz Eisenherz. „Bei mir wird's allmählich Zeit fürs Frühstücksbier. Aber wollt ihr nicht wenigstens einmal reinschauen, was in dem Päckchen drin ist?"

„Nichts, was einem Appetit auf Frühstück machen könnte, fürchte ich."

„Manderl oder Weiberl?", fragte Eisenherz.

„Weißt du doch sicher schon längst."

„Warum sollte ich euch die Arbeit abnehmen? Ich hab den Sack nicht einmal berührt."

„Würden wir dir auch nicht geraten haben. Spurensicherung ist unsere Sache, auch wenn wir noch so geschafft sind." Mit diesen Worten band Charly Pichler das bunte Kabel auf. Er warf einen schnellen Blick in den Sack und wandte sich angeekelt ab, während Andi Dittelbacher die Plastikhülle von der Leiche streifte.

„Muj mag so was", feixte Charly.

„Was soll er dran mögen?"

„Das Knifflige."

„Und was bitte soll an dieser hässlichen Leiche knifflig sein? Sieht doch ganz einfach nach Mord aus."

„Schau einmal genau hin. Es fehlt was."

„Was soll denn ...?" Prinz Eisenherz starrte in ein Loch, das mitten im Brustkorb klaffte. Wer immer den Toten auf dem Gewissen hatte, hatte das Loch fein säuberlich ausgefräst und danach ausgeweidet. Das Herz war weg.

„Einer von uns sollte Muj anrufen", sagte der kurze Charly.

„Der möchte ich nicht sein. Ruf du an."

„Ihr habt ja ganz schön Schiss vor eurem Chef", sagte Eisenherz und ertappte sich dabei, wie er in Anwesenheit eines Toten pietätlos auflachte. „Aber wenn ihr wollt, dann ruf ich ihn an."

„Das würdest du für uns tun?", flötete der lange Andi. „Da hast du zweimal Augenzudrücken gut."

Eisenherz tat zunächst so, als hätte er diese Anspielung auf seinen Fahrstil nicht verstanden, antwortete dann aber: „Dreimal – okay?"

„Wir können's dir auch fünfmal versprechen", sagte Charly. „Seit die neue Polizeiverordnung in Kraft ist, dürfen wir in der eigenen Gemeinde sowieso nicht mehr kontrollieren. Das tun irgendwelche Jungspunde aus Kärnten."

Eisenherz nahm seine Niederlage stumm zur Kenntnis, und der morgendlich-bleiche Andi Dittelbacher besiegelte sie mit einem wissenden Nicken.

***

„Teufelszeug", sagte der Junge mit dem türkisgrünen Irokesenkamm und dem Messingbeschlag in der Unterlippe, nachdem er die Eingangstür lautstark hinter sich zugeworfen hatte. „Gib mir noch mehr von dem Teufelszeug. Wodka Lemon, meine ich."

Panther Fürnschitz sah auf die Uhr, und ihm war klar: das war wieder einmal einer jener Tage, an denen er nicht wusste, ob er seine kleine Wirtschaft gegenüber dem Bahnhof gerade auf- oder zugesperrt hatte.

„Nix", sagte Panther zu dem Jungen, dessen T-Shirt eine zwischen zwei Frauenschenkeln hervorlachende

Teufelsfratze zierte, die allerdings eher nach Krampuskränzchen aussah.

„Sie brauchen keine Angst zu haben, dass ich nicht bezahlen kann", lallte der Junge und schob Panther sein Geldbörsel hin, in dem noch zwei Fünf-Euro-Scheine steckten. „Ich bin gut vorgeglüht", brachte der kleine Satan noch heraus, bevor er vom Stuhl rutschte und nichts mehr sagte.

Panther kannte seine Komatrinker und er wusste auch, dass ein „vorgeglühter" kleiner Säufer einer war, der bis dato auf Kosten anderer gesoffen hatte und daher noch liquid war. Dennoch oder gerade deswegen hätte Panther ihm nie und nimmer auch nur einen Tropfen Alkohol verkauft.

Satanas war so schon abgefüllt genug. Schlaff wie ein zerknitterter Bademantel hing er über der Stuhlkante. Panther packte den Knaben und schüttelte ihn so lange durch, bis er nach einiger Zeit zwar windschief, aber immerhin aufrecht stand.

„Bruck oder Mürz?", fragte Panther seinen kreidebleichen Patienten.

„Was?"

„Du brauchst eine Wangenmassage", sagte Panther und tätschelte die Backen seines jungen Gastes so lange, bis tatsächlich ein Hauch von Rot in die blutleeren Gefäße schoss.

„Also was ist? – Mürz?", fragte Panther noch einmal.

„Nein, Bruck."

„Dann geht dein Zug in zehn Minuten. Hast du eine Fahrkarte?"

„Ich habe einen Ausw... Ich glaube, ich muss spei..."

Eine Fontäne ergoss sich über Panthers Theke, die noch schauriger als nur nach höllischem Pech und Schwefel stank.

Panther hätte gute Lust gehabt, den Jungen einfach vor die Tür zu setzen und seinem Schicksal zu überlassen. Doch er schob ihn behutsam zur Tür hinaus, überquerte mit ihm den Bahnhofsvorplatz und trug ihn mehr, als er ihn schob, durch die Unterführung zum 3er-Bahnsteig, an dem in wenigen Minuten der erste REX in Richtung Friesach halten würde.

Der Transport des Knaben dauerte länger, als Panther gedacht hätte. Als er den Jungen endlich auf dem Bahnsteig wieder zum Stehen gebracht hatte, fuhr der Regionalexpress auch schon ein. Die automatischen Schiebetüren quietschten, und Panther hievte sein Küken mit einem sanften Fußtritt hinein.

„Wie heißt du eigentlich?“, fragte er.

„Clown“, sagte der Junge. „Ich heiße Clown.“

„Ich heiße Panther“, sagte Panther, der eigentlich Peter hieß. „Immer sprungbereit.“

Da knallten die beiden Türen auch schon wieder aufeinander. Und kaum hatte sich der Zug in Bewegung gesetzt, küsste Clown den Boden und war aus Panthers Gesichtsfeld verschwunden.

Panther ging die Kotze aufwischen und ärgerte sich einmal mehr, dass er kein Haubenkoch in einem feinen Restaurant geworden war, sondern in diesem vergammelten Bahnhofsresti die Stellung halten musste, das er mitsamt der dazugehörigen Wohnung und einem Haufen Hypotheken von seiner Oma geerbt hatte. Aber Haubenköche, dachte er, während er sich wegen des Gestanks die Nase zukniff, hatten vermutlich auch ihre Probleme. Und wer weiß, vielleicht fand auch dort der eine oder andere Gast die Küche zum Kotzen.

***

„Mein König, hier ist dein Prinz“, säuselte Eisenherz mit der Stimme eines Wolfes, der Kreide gefressen hatte, in sein Handy.

„Scheißkönigreich, in dem man den König nicht schlafen lässt“, krächzte Muj zurück und legte wieder auf.

Muj hatte bis zwei Uhr früh Puccinis Bohème mit der göttlichen Anna gehört. Ganz schön spät für jemanden, der um acht mit geputzten Schuhen wieder die Respektsperson geben sollte. Aber wenn er um halb sieben aufstand, kriegte er das, wie er aus Erfahrung wusste, so recht und schlecht hin. Nur: Jetzt war es fünf.

Muj grunzte mürrisch, schlurfte schwankenden Schrittes ins Bad und einigte sich mit sich selbst auf eine „kleine Herrenwäsche“. Da brauchte man nur den Kopf unter den Wasserhahn zu beugen und eiskaltes Wasser drüberlaufen zu lassen, bis einem der Atem stockte. Mit dem Kindberger Wasser ging das. Es war Felsgestein in flüssiger Form und konnte Wunder wirken.

Bevor das Wunder geschah, schrillte das Handy erneut.

Muj besprühte noch einmal seine Schläfen und tätschelte sie mit einem eiskalten Waschlappen ab, bevor er das Gespräch annahm.

„Sei wachsam, mein Prinz!“, schnarrte er ins Telefon.

„Das bin ich, mein König!“

„Ich hoffe, du hast einen guten Grund, mich anzurufen.“

„Ein Frühstücksbier ist immer ein guter Grund. Noch bist du nicht im Dienst.“

„Das kann's ja nicht sein.“

„Ist es auch nicht. So herzlos bin ich nicht. Aber andere sind es. Du wirst es gleich sehen.“

„Ich bin nicht herzlos. Also sag schon, was ist.“

„Du solltest dir das hier anschauen.“

„Hier ist wo?“

„Oben beim Guggenbauer, dort, wo die Schlossallee in den Hohlweg auf den Töllmarkogel einmündet. Ich würde dich ja abholen.“

„Wer oder was hindert dich daran?“

„Zwei von deinen Leuten, die meinen, ich solle mich als Zeuge bereithalten.“

„Kann ich einen von ihnen sprechen?“

Prinz Eisenherz hielt sein Handy dem kurzen Pausbäckigen hin. Der hörte zu, was Muj ihm sagte, und schien dabei noch weiter zu schrumpfen. Dann gab er Eisenherz sein Handy zurück.

„Gib mir noch zehn Minuten. Dann stehe ich an der Haustür.“

„Und nimm deinen Spazierstock mit. Wir haben eine kleine Wanderung vor uns.“

„Das fängt ja gut an“, sagte Muj und legte das Handy irritiert in den Seifenhalter.

Im Normalfall hatte Muj für das, was nun folgte, eine Stunde Zeit. Heute musste er es im Zeitraffer tun: Auf den Balkon des grauen Plattenbaus treten, in dessen viertem Stock er wohnte. Nachsehen, ob der Kirchturm und der Zunftbaum noch standen. Die Zeitung vom Fußabstreifer vor der Wohnungstür holen und kurz reinschauen, ob jemand angepatzt wurde, den er kannte. Frühstücken. Seine Medikamente mit einer Vitaminbrause hinunterspülen. Die Gurkengläsersammlung im Wandschrank abstauben. Rasieren, duschen. So in die Kleider schlüpfen, dass wenigstens ein Hauch von Würde aufkam. Den alten Burberry-Mantel als Schutz gegen die Morgenkälte aus dem Schrank holen. Ja, und die Balkonblumen gießen.

Das Rasieren und Duschen ließ Muj heute weg. Alles andere zog er durch, selbst die Balkonblumen, obwohl sie um diese Jahreszeit ohnedies schon hart am Verdorren waren. Aber Laura Muj hatte einen grünen Daumen und kannte, wenn sie zu ihren monatlichen Routinekontrollen nach Kindberg kam, keine Gnade mit saumseligen Balkongärtnern. Zur Besänftigung würde Muj ihr bei ihrem nächsten Zusammensein eine neue Klezmer-CD schenken, die er bei seinem Freund Tannenblat in Wien bestellte. Laura liebte Klezmer-Musik. Ganz im Gegensatz zur göttlichen Anna, von der sie, um Muj zu ärgern, stets behauptete, sie sei besser in Gymnastik als bei Stimme. Umso lauter ließ Muj die göttliche Anna aus der Konserve trällern, wenn Laura nicht in Kindberg war. Und sie war selten da, seit ihre Mutter an Alzheimer litt und in Lauras Heimatstadt Mestre der Pflege bedurfte.

Muj brauchte exakt zehn Minuten, aber als er unten das Haustor öffnete, stand das Peugeot-Taxi des Prinzen schon davor und beschämte den König. Seinen Spazierstock mit dem Silberknauf hatte Muj zu allem Überfluss auch noch vergessen. Er war also bereits einigermaßen genervt, als er seinen massigen Körper in den Beifahrersitz fallen ließ.

„Also was ist los?“, sagte Muj, als ein schriller Piepston zu pfeifen begann, der seine Nerven noch weiter strapazierte.

„Das ist der neue Peugeot“, erwiderte Eisenherz. „Der will, dass du den Gurt anlegst.“

„Ich lege nie den Gurt an.“

„Ich weiß“, sagte Eisenherz. „Dann musst du dir den Gurt einfach unter dem Allerwertesten durchschieben und ihn dann einrasten lassen. Auch ein neuer Peugeot lässt sich hinters Licht führen.“

Muj tat, was ihm Eisenherz gesagt hatte, und schnaufte dabei hörbar. „Das ist ja fast wie Morgensport“, seufzte er.

„Polizisten, habe ich gelesen, sollten heutzutage besonders fit sein. Vorbilder halt.“

„Ein Vorbild bin ich schon lange, zumindest für schlechte Menschen wie dich. Jetzt sag schon, was los ist.“

„Ein Herz ist los.“

„Und du willst es mir schenken?“

„Dummerweise gehört es nicht mir, sondern jemandem, der es dringend bräuchte.“

„Sag bloß, du hast die Leiche gefunden!“

„Die beiden Komiker vom Revier waren's jedenfalls nicht. Mit ihren Ringen unter den Augen wären die wohl glatt dran vorbeigefahren am Ende der Nachtschicht.“

„Und was ist jetzt mit dem Herz?“, fragte Muj gereizt.

„Na sieh sie dir halt einmal an, die Leiche“, erwiderte Eisenherz.

***

Als Muj an den Tatort kam, versiegte das Gemurmel unter den Staatsdienern und den wenigen Schaulustigen, die zu dieser frühen Stunde hier stehengeblieben waren.

Muj war daran gewöhnt, dass dort, wo er auftauchte, das Gespräch versiegte. Er war zwar korpulent, aber nicht gemütlich. „Hui, der Muj“, zischten einander die Kindberger Kids ins Ohr, wenn sie ihn sahen und sich vorsichtshalber um die nächste Ecke verzogen, um dort ihre Tschicks weiterzurauchen oder was sie sonst gerade Verbotenes taten. Der Muj, so waren sie überzeugt, sah so gefährlich aus, als würde er sie nicht nur bei ihren bösen Taten ertappen, sondern bereits erraten können, was sie im Schilde führten.

Muj war in Kindberg nicht nur geachtet, sondern auch gefürchtet. Gegen das Geachtetwerden hatte er nichts. Aber das Gefürchtetwerden störte ihn mitunter. Er wusste doch selbst ganz genau, dass seine Seele längst nicht so finster war, wie das dazugehörige Gesicht manchmal dreinschaute. Andererseits hatte er mit diesem Gesicht zu leben gelernt. Und seine Frau und seine beiden Töchter wussten oder ahnten zumindest, wie es in Mujs Herz tatsächlich aussah. Wie in einer Mördergrube sicher nicht.

Muj fand, dass es jetzt Zeit für seine Morgenvirginier war. Sie half ihm nicht nur beim Ermitteln, sie war vielmehr selbst ein Teil davon. Die spanischen Kaufleute waren nicht blöd, pflegte Muj zu sagen, als sie den Tabak und den Kaffee nach Europa brachten. Beides klärt den Verstand und macht die Gedanken scharf. Und das sind Fähigkeiten, die ein Polizist gut gebrauchen kann. Genauso wie einen guten Arzt. Einen von der Art des Doc Kotschvar, einem bärbeißigen Kerl, der nicht viele Worte machte. Die allerdings waren fast immer die richtigen. Wie wohl auch jetzt, nachdem er den Toten einer kurzen Untersuchung unterzogen hatte.

„Unser Freund hat sein Herz schon gestern abgeben müssen. Wahrscheinlich in den frühen Abendstunden, vielleicht aber auch schon am Nachmittag." Doc Kotschvar murmelte es in seinen grauen Spitzbart, füllte den Totenschein aus und wollte schon in seinem feldgrauen Rover verschwinden, als Muj ihn am Ärmel zupfte.

„Eine Ahnung von der Tatwaffe, Doc?"

„Haben Sie das ‚Texas Kettensägen-Massaker' gesehen?"

„Ich mag im Kino kein Blut, davon hab ich genug in der Wirklichkeit."

„Als Arzt kann ich das gut verstehen", sagte Doc Kotschvar. „Aber dennoch: Der Film könnte Ihnen wertvolle Hinweise liefern. Ebenso übrigens wie das Silberkettchen mit dem Drudenfuß als Anhänger. Weiß der Teufel, was sich der Täter dabei gedacht hat."

Muj tat einen tiefen Morgenzug und lächelte sein erstes Lächeln an diesem Tag. Aber keiner merkte es. Muj lächelte selten, und wenn er lächelte, merkte es niemand. Denn Muj lächelte nach innen. Und meistens dachte er gleich darauf an Laura und was sie im fernen Mestre wohl gerade tat. Der Gedanke konnte heute entfallen. Um diese Zeit schlief Laura. Definitiv.

Die mittlerweile um einen weiteren Beamten verstärkte Spurensicherung hatte ihre Arbeit fürs Erste getan. Der Tatort war aus allen erdenklichen Perspektiven durchfotografiert. Die herzlose Leiche war in einem Acrylsarg verstaut und befand sich auf dem Weg in die Gerichtsmedizin. Muj nuckelte aus tiefster Lunge an seiner Virginier und blies einen Freundschaftsring zu Prinz Eisenherz hinüber.

„Hast du den Toten gekannt?“, fragte Muj.

„Hab ihn sicher schon einmal gefahren. Er ist aber kein Kindberger. Sein Gesicht gehört eher nach Bruck. In irgendein Geschäft, einen Supermarkt oder so. Ja, eher in einen Supermarkt.“

„Zeit für dein Frühstücksbier, mein Prinz!“

„Wüsste nicht, was ich lieber täte, mein König. Aber ich habe dir noch eine kleine Morgenwanderung versprochen.“

„Und ich hab meinen Spazierstock vergessen. Dabei hat Laura ihn mir eigens für Expeditionen dieser Art geschenkt.“

„Sag nicht, du seist nicht gewarnt worden. Es ist zwar steil, aber mit deinen vierundfünfzig schaffst es so auch.“

„Dreiundfünfzig“, widersprach Muj.

„Dann schaffst du es noch leichter, junger König.“

Eisenherz streckte seine Hand in die Richtung des vom Morgenlicht durchfluteten Sonnenhangs, dessen Neigungswinkel in der Tat ehrfurchtgebietend war.

„Ist das nur Morgensport oder hat es auch einen Sinn?“

„Als Morgensport wären hundert Liegestützen sinnvoller“, sagte Eisenherz, und Muj bekreuzigte sich. „Aber ermittlungstechnisch gesprochen, ist es sehr sinnreich.“

„Und man kann da hinauf nicht fahren?“

„Nicht einmal, wenn man Doc Kotschvars Rover hätte, könnte man das. Mit dem Hohlweg beginnt das Gebirge."

„Sieht so aus", erwiderte Muj und stolperte dabei fast über einen Wurzelstock. Der verheerende Sturm vor ein paar Wochen hatte eine Menge Bäume ausgerissen.

Der Weg war steil und steinig, und dem ausgerissenen Baum folgten weitere, was den steilen Anstieg über die normale Strapaze hinaus auch noch zu einem Hindernislauf machte.

„Du meinst, das ist wirklich nötig?"

„Dort oben hockt der Mörder, klar."

„Ach was!" Muj setzte sich auf einen der vielen Felsbrocken, die zwischen Wurzelstöcken und Baumruinen den Weg säumten. Seine Atemzüge klangen wie Sturmböen.

„Vielleicht solltest du deine Morgenvirginier später weiterrauchen", riet Eisenherz. „Deine Lunge muss ja schon schwarz wie die Nacht sein."

„Mit Sicherheit ist sie das", gab Muj zu. „Drum fühlt sie sich ja auch so wohl, in unmittelbarer Nachbarschaft meiner schwarzen Seele."

„Du hast keine schwarze Seele. Aber dein Mund dampft wie ein kaputtes Auspuffrohr."

„Mit 120 Kilo Lebendgewicht bin ich ja auch ein ganz schöner Bolide."

„Für einen Boliden müsstest du schneller sein, mein König."

„Halt's Maul, mein Prinz."

Muj griff nach einem Zweig, der sich einigermaßen als Wanderstab gebrauchen ließ. Zuvor dämpfte er allerdings folgsam seine Virginier aus.

„Ein Verbrechen gegenüber einer Zigarre", sagte er und stopfte den stromlinienförmigen Stumpen ins Papieretui zurück.

„Du solltest das nicht nur auf steilen Hängen tun, sondern deinem Körper auch sonst gehorchen. So ein Körper ist nämlich ziemlich redselig. Er sagt dir genau, was du zu tun hast."

„Ich gehorche meinem Körper nicht, ich füge mich seiner Gewalt", beharrte Muj. Aus seinem Brustkorb surrte und schnarrte es weiter, als drehten sich zwei Windräder darin.

„Was suchen wir wirklich hier oben?", fragte Muj, nun schon ein wenig ärgerlich.

„Findest du es geschmacklos, wenn ich sage: das Herzstück des Falles? Ich jogge fast täglich mit Splinta dran vorbei."

„Du wirst mir doch nicht einreden, du wüsstest etwas über den Verbleib des herausgeschnittenen Herzens."

„Wer viel läuft und die Augen dabei offen hält, weiß vielleicht nichts, aber er ahnt so manches. Was wir suchen, ist übrigens eines von Splintas Lieblingsplätzchen und in ihrem privaten Toilettenführer als Dreisterne-Damenklo eingezeichnet. Wenn ich dran vorbeilaufe, verbellt sie mich und ich muss umkehren."

„Jetzt mach's nicht so spannend. Wo gehen wir hin?"

„Sei nicht so neugierig. Wir gewinnen ohnedies rasch an Höhe", sagte Eisenherz. „Gleich ist's geschafft."

Muj war mehrmals nahe daran, von einem der feuchten Felsbrocken, über die der steile Anstieg führte, abzugleiten, und er verfluchte den Tag, an dem er sich von Laura zu einer Gleitsichtbrille hatte überreden lassen. Sobald man damit direkt nach unten sah, begann der Untergrund zu verschwimmen. Muj sah immer nur den Boden für den übernächsten, nicht aber für den nächsten Schritt.

Ein Viertelstündchen später hatten die beiden Morgenwanderer die Anhöhe erreicht und standen vor einer Birkengruppe, in deren Mitte sich auf mehreren übereinandergetürmten Felsblöcken ein Wegkreuz befand.

„Du hast es geschafft, gratuliere, mein König!", sagte Prinz Eisenherz.

Muj holte mehrmals tief Atem, bevor er antworten konnte. „Und wegen diesem kitschigen Marterl hast du mich hier heraufgeschleppt, als ob ich Reinhold Messner wäre?“

„Das ist, pflichtschuldigst, kein 9000er, sondern ein 900er, mein König!“

„Mir schien es das Erstere zu sein“, schnaufte Muj. „Und jetzt sag schon, warum sind wir hier?“

„Vielleicht siehst du dir das Bild in dem Kreuz einmal näher an. Der Teufel steckt nämlich selbst bei Heiligenbildern im Detail.“

Muj raffte seine letzte Atemluft zusammen, um die paar Felsen zum Marterl hochzuklettern, und fand ein schon ziemlich verwaschenes Bild naivster Malerei in einem hölzernen Rahmen, der oben spitz zusammenlief und das Bild wie ein Kapellendach schützte. Die Darstellung zeigte einen Mann ohne erkennbares Gesicht, der sein Messer gegen ein Mädchen erhob, auf das er sichtlich einstechen wollte. Der Mann und das Mädchen waren jedoch nicht allein. Von hoch oben über dem Wald wurde die Untat nämlich auch von einer Dreifaltigkeitserscheinung im Strahlenkranz beobachtet.

„Schon einmal was vom Herzerlfressermarterl gehört?“, fragte Prinz Eisenherz.

„Du kennst ja meine Wanderlust. Ich kann mich nur an ein Herzerlfresser-Duo erinnern. Das musste ich einmal in Schutzhaft nehmen, weil unmusikalische Nachbarn es an einen Baum fesseln wollten.“

Da war es wieder, das Muj’sche Lächeln nach innen. Und wer weiß, vielleicht war Laura in Mestre ja auch schon beim Zähneputzen. Muj atmete schwer, und sein Atem wurde noch schwerer, wenn er daran dachte, dass Laura sich jetzt vielleicht gerade einen Espresso machte und auf die Via Fiume starrte, wo sie gegenüber ihrem gemeinsamen Lieblingsrestaurant, der Osteria alla Pergola, gemeinsam mit ihrer Mutter die Parterrewohnung in einem alten Ziegelsteinbau bewohnte.

Doch Muj stand zu seinem Bedauern nicht vor einer venezianischen Osteria, sondern vor einem alpenländischen Marterl, auf dem in schon ziemlich vergilbter Frakturschrift zu lesen war: „Der Herzerlfresser von Kindberg anno 1786." Das Kleingedruckte darunter war ein Gedicht in holprigen Versen, das wie eine jener schaurigen Moritaten klang, wie man sie gegen Ende der Kaiserzeit in der Küche sang, damit einem das Zwiebelschneiden leichter von der Hand ging.

Muj bückte sich ganz nah bis an den unteren Bildrand vor und las, nunmehr wieder froh über seine Gleitsichtbrille, halblaut vor:

Herzerlfresserweg wird hier genannt
Der Platz von alters her bekannt,
wo im 1786er Jahr
eine große Mordtat geschehen war.
*Knecht Paul R***,*
vom Aberglauben toll besessen,
Der lebte in dem Wahn,
dass er sich unsichtbar machen kann,
wenn er sieben Menschenherzen hätt gegessen.
Eine Bauernmagd, o großer Gott,
die stach der Wüterich hier zu Tod,
Und riss dann voller Wut und Freud
Das Herz dem Opfer aus dem Leib,
Sechs Menschen mussten unter seinen Händen
So grauenvoll ihr Leben enden,
bis endlich kam auch dann der Tag,
dass gefesselt er im Kerker lag
am Grazer Schlossberg in grimmer Haft
hat ihn der Tod hinweggerafft.

„Warum tut sie nichts?“, fragte Muj.

„Das Mädchen? Sie hat doch keine Chance, sich gegen den Unhold zu wehren.“

„Nein, die Heilige Dreifaltigkeit. Sie sieht zu und tut nichts.“

„Das kann ich dir auch nicht beantworten“, sagte Eisenherz. „Aber es ist eigenartig, da hast du Recht.“

Eisenherz nahm die paar Natursteinstufen vom Marterl auf den Waldweg in einem einzigen Sprung, während Muj vorsichtig einen Fuß vor den anderen setzte, um auf den morgentaunassen Steinen nicht abzurutschen.

„Wenn wir schon hier oben sind, könnte ich dir auch noch die Höhle des Herzerlfressers zeigen. Sie ist mindestens so bekannt wie das Marterl, aber noch ein schönes Stück schauriger. Es sind nur ein paar hundert Meter.“

„Bergauf?“

„Wäre gelogen, würde ich behaupten, es wäre nicht so.“

„Dann lieber ein anderes Mal. Für heute hab ich genug Sport getrieben. Und du hast dir dein Frühstücksbier ebenso redlich verdient wie ich mir den zweiten Teil meiner Frühstücksvirginier. Einen starken Morgenespresso nicht zu vergessen.“

„Du könntest genauso gut sagen, du hast dir den Tod verdient. Das Zeug zerfrisst dir die Lunge. Noch dazu hier oben an der guten Luft, an einem Wallfahrtsort.“

„Wenn man mich eines Tages vor die Wahl stellt, ob ich lieber wallfahren gehe oder Virginier rauche, dann sei gewiss, mein Prinz, dass ich mich für die Virginier entscheiden werde.“

„Es wird mir das Eisenherz brechen, mein König“, sagte er Prinz. „Aber wir müssen wohl zu Panther fahren, sonst lässt dich ja keiner mehr rauchen, zumindest nicht dort, wo es einen Kaffee und ein Bier gibt.“

„Mich lässt hier jeder rauchen“, grummelte Muj, fischte seinen Virginier-Stumpen wieder aus dem Etui, steckte ihn an und ließ ihn bedrohlich von einem Mundwinkel zum anderen wandern. „Ich bin hier nämlich der Kommissar Muj."

„Ich weiß", sagte Eisenherz, und diesmal war er es, der still in sich hineinlächelte. Natürlich wussten sowohl Eisenherz als auch Muj selbst, dass der Titel Kommissar in der österreichischen Polizei unbekannt war und Muj nur der polizeiintern zwar bedeutsame, aber wenig klangvolle Titel Bezirksinspektor zustand. Den Titel Kommissar hatte ihm daher auch nicht der Polizeipräsident verliehen, den hatten ihm die Kindberger selbst gegeben. Weshalb Muj ihn zwar ohne jede rechtliche Grundlage, aber voll Stolz führte.

Als Muj gleich darauf beinahe über einen Haufen Tannenzapfen stolperte und nur vom biegsam federnden Waldboden vor einer gröberen Verletzung bewahrt wurde, schüttelte er sorgsam die Tannennadeln von seinem grauen Burberry-Mantel und senkte sein Haupt vorsichtshalber wieder.

Die Bahnhofswirtschaft von Peter Fürnschitz hieß zwar „Zum Steirischen Panther“, war aber alles andere als ein normales Landwirtshaus. Zunächst erschien sie dem Besucher als Tabaktrafik, die den Vorteil hatte, dass die Unverbesserlichen unter den Kindbergern ihren Tschick- und Zigarillobedarf hier auch dann noch stillen konnten, wenn alle anderen Trafiken längst geschlossen hatten. Denn Panther war, außer am Donnerstag, immer da. In der Früh, wenn die ersten Morgenzigaretten vor seiner Tür geraucht wurden, weil man das am Bahnsteig nicht mehr durfte. Und in der Nacht, wenn er sein Lokal kurzerhand zum privaten Raucherclub erklärte, erst recht.

Wann und ob Panther überhaupt schlief, war ein in Kindberg viel diskutiertes, aber letztlich eben sein Geheimnis. Denn schließlich war er nicht nur Trafikant, sondern auch noch Schankbursch, Betreiber eines Internet-Cafés, Inhaber des Patents für den schärfsten Teufelstoast nördlich von Sri Lanka und kommunaler Seelenheiler.

In der letzteren Funktion stand Panther gerade vor einem Rätsel, als Muj und Prinz Eisenherz die ebenerdige Bahnhofswirtschaft betraten, die mit zwei Kellergeschoßen in einen Abhang hineingebaut war.

„Das hat mir heute früh einer durchs Fenster hereingeworfen, während ich meinen letzten Gast in den Morgenzug gesetzt habe“, sagte Panther und drückte Muj, ohne ihn vorher zu grüßen, einen kleinen Nylonsack in die Hand. Er enthielt ein ausgestopftes Nähkästchen-Herz mit sieben Stecknadeln drin. Auf einer davon steckte ein giftgrünes Post-it, auf das mit zittriger Hand gekritzelt war: „Operation Satanismus is im vulln Gange!“

Die Botschaft war mit „Evilprincess“ gezeichnet und datierte vom 22.3.1998.

Die Botschaft selbst schreckte Muj nicht besonders. Solche Nachrichten fanden sich im Mürztaler Polizeialltag immer wieder, und zu den Satanisten hatten sich in letzter Zeit auch immer mehr Schamanen, Rebirther, Hexentanzmeister und alle möglichen anderen Erweckungskonsulenten gesellt. Als Muj jedoch das nun schon über ein Jahrzehnt zurückliegende Datum las, versetzte das seinem Herzen einen schmerzhaften Stich. Denn dieser Tag hatte sich unauslöschlich in sein Gedächtnis eingeprägt, erinnerte er ihn doch an einen der ganz wenigen Fälle seines Lebens, an denen er gescheitert war. Er hatte dem Fall Evilprincess wohl eines der Gurkengläser in seinem Schrank gewidmet, doch es war bis heute leer geblieben und verursachte Muj, sooft er daran dachte, ein dumpfes Drücken in den Eingeweiden.

„Ein Bier“, sagte Prinz Eisenherz. „Ich fahre heute nur noch ins Bett.“

„Kaffee für dich?“, fragte Panther den Kommissar.

Muj neigte unter der Last des Nachdenkens über Evelprincess seinen Kopf nach vorne. Panther wertete das als Zustimmung, zapfte ein frisches Siebenminuten-Murauer und ließ eine Tasse Hornig vom ganz Starken aus der alten Faema-Maschine.

Mujs Virginier war wieder einmal ausgegangen, und er zündete sie abermals an.

„Aschenbecher, Kommissar Muj?“

„Aschenbecher gibt’s nicht. Rauchen ist verboten.“

„Ach ja?“

„Es gibt Kaffeetassenuntersätze.“

„Verstehe.“

Muj nahm seine Tasse in die Hand, streifte die überflüssige Asche seiner Virginier in den Untersatz ab und stellte die Tasse daneben auf die Tischplatte.

„Ob das jetzt wieder anfängt", sagte Muj düster und nahm das Voodoo-Herz für die Spurensicherung in Evidenz. „Irgendeine Ahnung, wer es hereingeworfen haben könnte?"

Panther kratzte sich unterm Kinn. „Wenn ich den Jungen nicht selbst in den Zug gesetzt hätte, käme nur er in Frage. Er trug so ein seltsames T-Shirt mit einer Teufelsfratze. Aber es ist unmöglich. Ich habe das Fenster geöffnet, als ich ihn hinüber zum Zug brachte. Und außerdem war er sternhagelvoll."

„Und du hast ihn keine Minute aus den Augen verloren?", fragte Eisenherz.

„Nicht eine Sekunde. Nein, er kann's nicht gewesen sein."

„Und als du zurückgekommen bist: Hast du da jemanden davonlaufen sehen?"

„Keinen Menschen. Aber als ich ins Lokal eintrat, fiel mein erster Blick sofort auf das Voodooherz. Es war nicht zu übersehen."

Mujs Virginier zog schon wieder nicht.

„Eine Fünferpackung von den Gelben, Kommissar Muj?", sagte Panther.

„Seit sie das Zeug nicht mehr in Fürstenfeld, sondern im Ausland produzieren, zieht es nicht mehr. Vielleicht rede ich aber auch nur zu viel und denke zu wenig. Aber danke, ich hab zuhause noch genügend Nachschub", winkte Muj ab und legte den Stumpen wie einen Katzensteg über die leere Kaffeetasse.

„Nicht vielleicht doch einen Aschenbecher?"

„Evilprincess", dachte Muj und trommelte mit seinen Fingern nervös auf der Resopalplatte. „Evilprincess. Ein zweites Mal tanzt du mir nicht mehr auf der Nase herum."

„Keine voreiligen Schlüsse, mein König", sagte Eisenherz, der Mujs Gedanken erraten hatte.

„Ich weiß, mein Prinz, ich weiß."

***

Bevor Muj die paar Schritte zum Kindberger Posten hinüberging, kehrte er noch einmal in die Knochensiedlung zurück. Den bizarren Namen, den ihr der Volksmund verliehen hatte, verdankte die Plattenbau-Wohnanlage der unmittelbaren Nachbarschaft zum Kindberger Friedhof. Muj zählte zu den Privilegierten, deren Balkon nicht auf den Friedhof hinausging, sondern den Blick über die Südbahntrasse auf die umliegenden Wälder eröffnete, wo man über den Kirchturm und den Zunftbaum vom Kindberg hinweg bis zur Rennfeldalm im Süden sehen konnte.

Professor Herfried Gehbacher, dem Mujs vormittäglicher Besuch galt, wohnte einen Stock unter ihm und hatte ein Arbeitszimmer mit Blick auf das ewige Lichtermeer des Gottesackers. Der etwas trübselige Ausblick kümmerte den pensionierten Schulmeister, der während seiner aktiven Zeit in den Fächern Latein und Philosophie für einigen Schrecken gesorgt hatte, jedoch wenig. Seine Wohnung war ohnedies dermaßen mit Büchern vollgestellt, dass die Regale jegliche Aussicht verrammelten und es ziemlich gleichgültig war, ob sich hinter dem Büchergebirge ein Wald, eine Fabrik oder ein Friedhof befand. Nicht einmal ein Garderobenhaken oder eine Hängepflanze fand zwischen den sorgfältig nach Themen geordneten Bildungsbataillonen Platz. Sogar der Ohrensessel des Professors war bis an seine beiden mit braunem Knautschleder tapezierten Ohrläppchen mit Büchern belegt.

„Ich halte Sie nicht lange auf, Professor", sagte Muj. „Ich habe nur eine kurze Frage."

„Wenn ich, oder was weniger unbescheiden klingt, meine Bücher sie beantworten können, sehr gerne", sagte der Professor. „Eine Schale Tee?"

„Nein, ich habe gerade gefrühstückt."

Obwohl Muj selbst nur wenige Bücher besaß, erinnerte ihn die Bücherhöhle des Professors an seine eigene Wohnung. Sie war nämlich auf ähnliche Weise düster und sparte kaum Freiräume aus. Nur waren es bei Muj nicht Bücher, sondern Erinnerungen und Trophäen, die alles verrammelten.

Muj war nämlich ein leidenschaftlicher Sammler von allem und jedem. Da saß etwa das erste Püppchen, das er seiner Tochter vor zwanzig Jahren geschenkt hatte, neben einem Vogel Greif aus Porzellan, den ihm der kroatische Polizeipräsident nach einer gemeinsamen Bärenjagd überreicht hatte. Und dann hatte Muj es sich zur Gewohnheit gemacht, von jedem Fall, den er erfolgreich gelöst hatte, eine kleine Trophäe als Erinnerung zu behalten, die er in Gurkengläsern unterschiedlicher Größe verstaute und präzise mit Aufklebern versah, die Laufnummer und Jahrgang des Falles trugen. Kein Fall, pflegte Muj zu sagen, könne so groß und bedeutend sein, dass er zuletzt nicht doch in einem Gurkenglas Platz fände.

Gottlob unterhielt Muj beste Beziehungen zu Frau Doktor Frieda Katzenberger, der Gerichtsmedizinerin aus Graz, die die ihr anvertrauten Beweisstücke nach einer angemessenen Frist legislativer Trauerarbeit aus ihren Archiven zwar widerwillig, aber irgendwann doch herausrückte, wenn Muj sie darum bat.

Frau Doktor Katzenberger war bekennende Kettenraucherin. Vielleicht mochte sie ihn deshalb. Muj wusste diese Gunst, die wahrlich nicht selbstverständlich war, zu schätzen. Und Mujs Gurkenglassammlung war, nicht zuletzt dank Katzenbergers tätiger Beihilfe, in all den Jahren zu einer kleinen Wunderkammer kriminalistischer Kleinodien geworden.

„Je länger ich weg bin, desto mehr verwandelst du unsere Wohnung in ein Gruselkabinett“, hatte Laura unlängst gesagt, als sie, was selten genug passierte, aus Mestre heraufgekommen war, um nach dem Rechten zu sehen. Und Muj hatte ihr nicht widersprechen können. Aber er dachte überhaupt nicht daran, sich auch nur von einem einzigen seiner Fundstücke zu trennen. Seine beiden Töchter Sara und Camilla würden, auch wenn sie vorläufig keinerlei Interesse daran zeigten, eines Tages ja vielleicht doch noch Enkelkinder heranschaffen, und darunter würde vielleicht auch einmal ein wissbegieriger Knabe sein, der das chronische Matriarchat in Lauras Familie unterbrach. Der würde sich von seinem Großvater dann geduldig von Schaustück zu Schaustück führen lassen und den Geschichten, die er über rostige Handschellen, abgebrochene Klappmesser, blutige Maultrommeln, zweckentfremdete Briefbeschwerer und Seidenschals zu erzählen hatte, aufmerksam zuhören.

In dreißig Jahren Polizeidienst kommt einiges zusammen, dachte Muj. Das Voodoo-Nähkästchen, das er in seiner Sakkotasche spürte, würde sich in dieser Sammlung gut machen. Doch noch war es nicht so weit. Im Moment fragte Muj keiner nach seinen Schaustücken. Laura hatte all die Geschichten oft genug gehört, und die beiden Töchter waren am Beruf ihres Vaters nie wirklich interessiert gewesen. Im Gegenteil: Sie hatten immer ein wenig Angst davor gehabt. Es hatte ihnen völlig gereicht zu wissen, dass ihr Vater sie mit all dem Schweinekram und den Gräueln, von denen er beim Abendessen erzählte wie andere Väter von Bauplänen, Einspritzmotoren oder Gabelstaplern, wenigstens ernähren konnte.

„Gefallen Ihnen meine Bücher?“, fragte Professor Gehbacher und riss damit Muj, der bewegungslos auf die Bücherwand starrte, aus seinen Tagträumen. „Also sagen Sie mir schon, womit ich Ihnen helfen kann. Was ist denn diesmal das Thema Ihrer Nachforschungen?

Oder möchten Sie zunächst ein Gläschen Lärcherlschnaps?"

„Ich bin im Dienst und Sie in Pension", sagte Muj. „Das ist ein qualitativer Unterschied."

„Tschuldigung", räusperte sich der Professor. „Ich verstehe."

„Es geht um den Herzerlfresser von Kindberg. Sagt Ihnen der was?"

„Welchem Kindberger, der noch einigermaßen gut zu Fuß ist, würde der Herzerlfresserweg nichts sagen? Steil genug ist er ja. Allerdings: In Mürzzuschlag oder in Bruck, da kennt ihn schon keiner mehr."

„Mir geht es weniger um den Weg als vielmehr um den Mann, nach dem man ihn benannt hat. Vielleicht steht in einem Ihrer vielen hundert Bücher etwas über ihn drinnen?"

Professor Gehbachers angespanntes Gesicht fiel glanzlos in sich zusammen, und Muj wusste, dass er einen Fehler gemacht hatte, allerdings nicht welchen.

„Ich bin Altphilologe und Philosoph, Herr Bezirksinspektor, meine Bibliothek beginnt bei Homer und endet bei Sloterdijk. Für volkskundliche Kuriositäten, so abenteuerlich sie beim ersten Hinhören auch sein mögen, fehlt mir der Raum. Meine Bibliothek wächst schon bis in die Toilette und die Küche hinein. Soll ich sie auch noch bis ins Badezimmer verlängern?"

„Gott bewahre, meinetwegen zumindest nicht", versuchte Muj einzulenken. „Ich dachte nur, dass unter den vielen hunderten oder gar tausend ..."

„Exakt sind es nach der letzten Zählung viertausendsiebenhundertfünfundvierzig Werke, die Tendenz ist allerdings trotz meiner verhältnismäßig kleinen Rente weiter steigend."

„Ich dachte ja nur, dass unter diesen vielen Büchern vielleicht eine alte Stadtchronik ist ..."

„Eine alte Kindberger Stadtchronik kann es nicht geben. Kindberg wurde erst 1982 zur Stadt erhoben."

Muj räusperte sich beschämt. „Eine alte Ortschronik, meinte ich natürlich."

„Ich besitze nur ein Heimatbuch, das vor einigen Jahren erschienen ist. Da steht aber nicht allzu viel über den Herzerlfresser drin. Und das Wenige brauche ich nicht nachzuschlagen, das ist mir auch so geläufig."

Muj atmete auf.

„Das war doch dieser sechsfache Mädchenmörder, der schon zum Tode verurteilt war, aber dann von Kaiser Josef II. zu einer Prügelstrafe und lebenslanger Festungshaft begnadigt wurde."

„Da wissen Sie dann ja schon einige Details", sagte Muj ehrfürchtig. „Was mich mehr interessiert, ist jedoch der Hintergrund der Tat. Könnte es nicht sein, dass der Herzerlfresser irgendwie mit dem Teufel im Bunde stand?"

„Einer, der sechs unschuldige Mädchen im Glauben umbringt, er könne sich unsichtbar machen, wenn er ihre Herzen aufisst, der ist mit dem Teufel im Bunde, ob er will oder nicht, Herr Bezirksinspektor, oder? Aber wenn Sie mich direkt darauf ansprechen, so habe ich über Teufelsanbetung oder schwarze Messen in Zusammenhang mit dem Herzerlfresser tatsächlich noch nie etwas gelesen."

„Für einen Philosophen sind Sie heimatkundlich aber ziemlich gebildet, Respekt!"

„Mich hat die Tat des Herzerlfressers niemals besonders interessiert, umso mehr jedoch die Reaktion seines Kaisers auf ein doch ziemlich abscheuliches Verbrechen. In der Tat ein großer, weitblickender, weiser und aufgeklärter Herrscher, dieser Josef II."

Der Professor ging zum Fenster und öffnete es.

„Hätte man auf ihn gehört und damals den josefinischen Stehsarg eingeführt, so würde der Friedhof da draußen nicht einmal ein Viertel seines Platzes einnehmen und man hätte rundherum eine schöne Parklandschaft anlegen können."

„Da haben Sie sicher Recht", sagte Muj und lächelte einmal mehr nach innen. „Mittlerweile wäre aus dem Park allerdings wohl nur ein weiterer Gewerbepark geworden. Da ist mir der Friedhof noch lieber."

„Sie müssen immer das letzte Wort haben, oder?", erwiderte der Professor leicht genervt.

„Das haben Polizisten so an sich."

***

„Was wissen wir?", fragte Muj, nachdem die Glastür am Eingang des Kindberger Polizeipostens hinter ihm zugefallen war. „Oder kennt schon jemand den Täter?"

„Wir haben bis jetzt am gestrigen Bruch im Kaufhaus Fuchs gearbeitet, da zeigen sich erste Ergebnisse", sagte Gruppeninspektor Peter Jakoby, einer von Mujs engeren Mitarbeitern.

„In welche Richtung?"

„Die übliche. Georgische Maßarbeit."

„Nicht irritieren lassen. Heimische Gauner wissen auch, was ein Schweißbrenner ist."

„Trotzdem Georgien. Wetten?"

„Mal sehen. Sonst was?"

„Ja, wir wissen, wer das Opfer des Mordes von heute morgen ist", meldete sich von hinten die junge Inspektorin Sylvia Golubits, ob der Einzigartigkeit ihres Geschlechts in dieser Dienststelle kurz „das Weib" genannt.

„Das weiß ich schon lange. Das Opfer hat in einem Supermarkt in Bruck gearbeitet."

Andächtige Stille machte sich breit. Muj hatte wieder einmal bewiesen, dass er kein Inspektor, sondern eben doch ein Kommissar war.

„Wie können Sie das wissen? Wir haben das doch erst vor einer Viertelstunde ermittelt", fragte Golubits andächtig.

„Männliche Intuition", erwiderte Muj mit todernster Miene. Es brachte schon was, einen Prinz Eisenherz im Talon zu haben, dachte er insgeheim. Noch dazu, wenn man selbst der König in diesem Spiel war.

Das Spiel ging auf eine Faschingsparty vor zwanzig Jahren zurück, bei der Mujs Schulfreund Eberhard als Prinz Eisenherz und er selbst als König Artus verkleidet waren. Kein Mensch erinnerte sich noch an diese verrückte Party. Aber jedem, der die beiden Freunde kannte, dem waren auch ihre kindischen Blödeleien geläufig. Und dass Panthers Bahnhofsbeisel eine Außenstelle der Kindberger Kriminalpolizei war, wusste auch ein jeder.

„Hat er Familie?", rief Muj ins Großraumbüro hinein.

„Eine Frau und zwei erwachsene Kinder", antwortete Jakoby.

„Die Namen?"

„Der Tote heißt Leopold Gober", sagte „das Weib". „Seine Frau Herlinde, sie hat bei Vogel & Noot als Buchhalterin gearbeitet, bis die mit ihren Landmaschinen in Konkurs gegangen sind. Seither ist sie arbeitslos. Die Kinder heißen Alex und Desiree. Sie sind schon erwachsen, aber noch bei den Eltern gemeldet. Mehr wissen wir zurzeit nicht."

„Und? Hat von den Brucker Kollegen schon jemand mit der Witwe gesprochen?"

„Bis jetzt noch nicht", erwiderte Jakoby ein wenig kleinlaut.

„Wieso nicht?"

„Es ist ein verzwickter Fall."

„Ja, ja, das mag sein. Aber es ist nicht im Geringsten verzwickt, eine Frau darüber aufzuklären, dass sie gerade Witwe geworden ist. Es bedarf wohl eines gewissen psychologischen Einfühlungsvermögens, das nicht jeder hat, aber es ist nicht verzwickt."

„In diesem Fall ist es doch verzwickt", wandte Jakoby ein. „Das Opfer ist in St. Lorenzen gemeldet, also schon im Bezirk Bruck. Aber nachdem der Mord hier bei uns passiert ist, meinen die Brucker Kollegen halt, sollten auch wir ..."

„... die Witwe trösten. Faule Säcke, diese Brucker. Aber ihr seid auch nicht viel besser. Warum steht nicht schon längst einer von euch auf ihrer Dacke?"

„Ich sagte ja schon, der Bruch beim Fuchs ...", stammelte Jakoby.

„Und außerdem dachten wir", warf Golubits süßholzraspelnd ein, „es wäre besser, wenn jemand mit so viel Erfahrung ..."

„Ich habe verstanden", sagte Muj und zündete sich die zweite Virginier des Tages an.

„Bitte draußen", flehte „das Weib".

„Ich sagte doch schon: Ich habe verstanden", erwiderte Muj gereizt und rauchte im muffigen Flur vor der Glastür weiter. Doch die Virginier währte nicht lange. Schon nach ein paar Minuten war sie wieder ausgegangen.

Muj ging in sein Büro zurück und überlegte kurz, ob er Prinz Eisenherz bitten sollte, ihn mit dem Taxi nach St. Lorenzen zu fahren. Aber dann fiel ihm ein, dass der um diese Zeit im Bett lag und seine Frau mit Krankentransporten nach Graz oder Leoben ausgelastet war. Muj beantragte also einen Streifenwagen und erfuhr, dass das etwa eine halbe Stunde dauern würde. Muj wusste um das Ungefähre solcher Richtwerte und informierte Jakoby, dass er mit der Bahn fahren würde.

„Da brauchen Sie mindestens eine Stunde, Herr Bezirksinspektor. Vorausgesetzt, dass überhaupt gerade ein Zug fährt", gab Jakoby zu bedenken.

„In zwanzig Minuten fährt einer. Glauben Sie mir, wenn man keinen Führerschein besitzt, dann kennt man den Fahrplan. Und die paar Schritte schrecken mich jetzt auch nicht mehr. Immerhin war ich schon fast am Töllmarkogel oben, heute Morgen."

„Zu Fuß?"

„In der Tat."

„Aber warum, um Himmelswillen."

„Um dort meine Nachforschungen anzustellen, wo ihr mit euren Streifenwagen nicht mehr hinkommt."

„Und ist was dabei rausgekommen?"

„Wer weiß?"

„Ein bisschen unökonomisch ist diese Art der Nachforschung in unserer Zeit dennoch, wenn ich mir die kleine Kritik erlauben darf, Herr Bezirksinspektor. Oder finden Sie nicht?"

„Für nächstes Mal werde ich mir einen Schrittzähler kaufen und Kilometergeld verrechnen. Dann lohnt sich's wieder, selbst in unserer Zeit."

Mit diesen Worten ließ Muj seinen jungen Kollegen ratlos zurück und steckte sich draußen an der frischen Luft seine Virginier endlich wieder an.

Wie Muj es angestellt hatte, ein schon recht langes Berufsleben ohne Führerschein auszukommen, darüber rätselten die Kindberger seit Jahren. Böswillige streuten sogar das Gerücht, der Schein sei ihm schon vor zwanzig Jahren abgenommen worden. Doch tatsächlich hatte Muj zwar nach seiner Matura in Oberwart vor dreißig Jahren die Grazer Polizeischule mit Auszeichnung abgeschlossen, aber niemals den Führerschein gemacht.

An späteren Aufforderungen vorgesetzter Dienststellen, dieses Versäumnis unverzüglich nachzuholen, hatte es ein nicht gemangelt. Doch Muj war stolz darauf, solche Ansinnen stets mit allerlei Listen und Tricks abgeschmettert und von Beginn seiner Karriere im Polizeidienst an immer jemanden gefunden zu haben, der ihn fuhr. „Es ist kein Zeichen besonderer Intelligenz, mit einem Führerschein überall hinzukommen", pflegte er Zweiflern zu sagen. „Aber man muss schon ein bisschen Grips haben, um ohne Führerschein gezählte fünfzig Gewaltverbrechen aufzuklären." Muj wusste, dass er da leicht übertrieb. Genaugenommen waren es neunundvierzig. Denn da war schließlich noch der Fall Evilprincess.

Muj überquerte mit für seine Verhältnisse zügigen Schritten das Kopfsteinpflaster der Kindberger Altstadt, ging am Café Pesl und der Pfarrkirche vorbei und stieg die schmale Treppe zur Mürz hinab. Die Schwäne tauchten munter unterhalb der alten überdachten Holzbrücke herum und machten Schwimmübungen mit dem Nachwuchs. Die Mürz war an dieser Stelle, kurz vor dem Staudamm, ruhig wie ein Teich, auf dem die ersten Blätter des herannahenden Herbstes wie kleine Schiffchen im sanften Ostwind flottierten, der vom Teufelstein herüberwehte.

Muj überquerte die Holzbrücke und ging, an den zwei winzigen Inseln im Fluss vorbei, entlang der steilen Uferböschung hinauf zum Bahnhof. Er überlegte kurz, bei Panther noch auf einen Espresso reinzuschauen, doch der nächste Regionalexpress würde in sieben Minuten einfahren. So durchquerte Muj lieber gleich die Fußgängerunterführung zum Bahnsteig und sah, wie eine Gruppe von Schülern des Gymnasiums, kaum dass er auftauchte, ihre Tschicks versteckten.

„Raucht's ruhig weiter, Kinder", sagte Muj, dem schon wieder seine Virginier ausgegangen war. „Ich tu's ja auch", fügte er vergnügt hinzu und steckte sich seinen Friedhofspargel, wie Eisenherz seine Nikotinstängel zu nennen pflegte, erneut an. Doch Muj hatte keine fünfmal an seiner Virginier genuckelt, als auch schon der Zug einfuhr.

Kein guter Tag zum Rauchen heute, dachte Muj und steckte die Zigarre wieder in die Schachtel zurück. Sie war noch zu wenig abgeraucht, um auf dem Bahndamm zu landen, und bis nach St. Lorenzen brauchte der Zug nur gute fünf Minuten. Dann würde sie noch warm genug sein, und er konnte sie mit Vergnügen weiterschmauchen.

Wobei sich das Vergnügen angesichts der Aufgabe, die ihm nun bevorstand, wohl in Grenzen halten würde.

***

Das Haus der Gobers lag nicht weit von der Bahnstation entfernt. Es war eines dieser patchworkartigen Einfamilienhäuser, denen man die Hypothekenlast, die auf ihnen ruhte, schon von außen ansah. Der Kern des Hauses stammte wohl noch aus den 50er Jahren. In besseren Zeiten hatte man dann offenbar zu einem Zubau angesetzt, von dem allerdings nur der sonnenenergiebeheizte Wintergarten fertig geworden war. Der Rest stand noch im Rohbau da. Der Verputz wartete wohl auf den nächsten Kredit, also vermutlich noch lange.

Die Frau, die ihm die Türe öffnete, nachdem er zweimal geklingelt hatte, schien den Inhalt der Nachricht, die er ihr überbringen musste, vorauszuahnen. Sie hatte verweinte Augen mit den Trauerrändern einer schlaflos verbrachten Nacht.

„Es ist ihm etwas zugestoßen, stimmt's?", stammelte sie unter Tränen, als Muj sich als Bezirksinspektor aus Kindberg vorstellte. „Er ist noch nie über Nacht ausgeblieben, in all den Jahren nicht, in den ganzen fünfundzwanzig Jahren nicht, die wir verheiratet sind. Im August haben wir unsere Silberne gefeiert."

Herlinde Gober war eine kleine Frau Ende vierzig mit einer drahtigen Figur, kräftigen Armen, einer hennaroten Mesche im kurzen blonden Haarschopf und einem aparten Gesicht, das in besseren Tagen wohl auch jünger aussehen konnte, als es gegenwärtig der Fall war.

„Es war ein Verkehrsunfall, oder?", fragte sie und wischte sich mit einem tropfnassen Taschentuch, das sie aus der Schürze über ihren Jeans zog, die Tränen aus den großen, fragenden Augen.

Muj zögerte mit der Antwort, und sie quittierte es mit einem erneuten Tränenausbruch.

„Ich habe doch Recht, oder?", sagte sie mit erstickter Stimme. „Aber kommen Sie doch herein, Herr Inspektor. Ich kann Ihnen allerdings nichts anbieten. Ich habe noch nicht einmal Frühstückstee aufgesetzt, dabei ist es schon nach Mittag. Ein Glas Wasser?"

„Nicht nötig."

„Ich weiß, dass er tot ist", schluchzte sie, nachdem sie sich gemeinsam mit Muj an den Küchentisch gesetzt hatte. „Wenn ich Sie ansehe, weiß ich, dass er tot ist. Er ist doch tot, oder?"

Sie schien sich an dieses „oder“ wie an einen letzten Strohhalm zu klammern, und Muj zögerte einige Sekunden lang, ihr diesen letzten Hoffnungsschimmer zu nehmen.

„Ich kann Ihnen leider nicht widersprechen“, sagte Muj schließlich. „Aber es war kein Verkehrsunfall. Es war – Mord.“

Was folgte, war ein langgezogenes, fast melodiöses Seufzen. Muj fühlte sich an die durch Mark und Bein gehende Szene erinnert, in der die göttliche Anna als Traviata ihrem bevorstehenden Bühnentod entgegenschmachtet. Der Vergleich war unpassend. Muj wusste das und schämte sich dafür.

Die Frau war ein Bündel zitterndes Elend. Muj verspürte plötzlich das Bedürfnis, ihre zu einer Faust geballten Hände aus der Verkrampfung zu lösen. Er versuchte es mit einem zaghaften Streicheln und sagte: „Sie müssen jetzt sehr tapfer sein!“

Nun packte sie Mujs Hände, um ihr verweintes Gesicht darin zu bergen. „Hilfe!“, flüsterte sie. „Ich brauche Hilfe.“

„Sind Ihre Kinder zuhause?“, fragte Muj.

Sie schüttelte den Kopf, und das Schütteln ging auf ihren ganzen Körper über. „Alex hat Unterricht, und Desiree ist mit ein paar Freundinnen nach Italien gefahren. Sie hat allerdings ihr Handy nicht eingeschaltet, wegen der hohen Roaming-Gebühren. Aber vielleicht ruft sie ja heute oder morgen doch noch an.“

„Sicher“, sagte Muj, um sie zu beruhigen. „Sie ruft ganz sicher an.“

„Kennt man den Täter?“, fragte Herlinde Gober nach einer längeren Pause mit zittriger Stimme.

„Vieles spricht für einen Ritualmord.“

„Entsetzlich, entsetzlich, entsetzlich!“, murmelte Hermine Gober gebetsmühlenartig mit kaum hörbarer

Stimme und hämmerte dazu mit den Knöcheln ihrer rechten Hand rhythmisch auf den Küchentisch.

„Hatte Ihr Mann Kontakte zu spiritistischen Zirkeln?", fragte Muj.

Sie schüttelte abermals den Kopf, bevor der nächste Heulkrampf über sie kam. In ihrer Verletzlichkeit wirkte sie wie ein gehetztes Tier.

„Sagt Ihnen der Herzerlfresserweg etwas?", fuhr Muj, dem in seiner Haut immer weniger wohl wurde, fort.

„Das ist ... ein ... Wanderweg", antwortete sie mit gebrochener Stimme. „Warum fragen Sie?"

„Wir haben ihn, das heißt, wir haben den Leichnam des Ermordeten dort gefunden." Muj wollte ihr noch sagen, dass man ihm das Herz aus dem Leibe gerissen hatte, denn irgendwann würde sie es ja doch erfahren. Aber er schaffte es nicht, diese Worte über die Lippen zu bringen. „Sie sollten sich schnell mit Ihren Kindern in Verbindung setzen", sagte er stattdessen. „Ich werde Ihnen psychologische Betreuung vorbeischicken."

„Nein, nein, keine Betreuung", wehrte sie ab. „Das ist nicht nötig."

„Am Nachmittag werden meine Kollegen Sie abholen", sagte er. „Sie müssen den Toten identifizieren. Ich kann Ihnen das leider nicht ersparen."

Herlinde Gober war mittlerweile über der Tischplatte völlig in sich zusammengesunken.

„Sind Sie sicher, dass Sie keine psychologische Hilfe benötigen?"

Sie hob langsam und bedächtig wieder ihren Kopf. „Ja, ich bin sicher", sagte sie, erstmals wieder mit einigermaßen gefestigter Stimme.

„Dann kann ich Ihnen nur noch mein aufrichtiges Beileid ausdrücken", sagte Muj.

Herlinde Gober sagte nichts mehr und sah Muj mit ihren großen, rehbraunen Augen an, während er sich umdrehte und die Küche durch den Hausflur, in dem ihm ein schönes altes Pianino mit zwei Kerzenleuchtern neben dem Notenbrett auffiel, wieder verließ.

Draußen strahlte die Sonne im mittäglichen Zenit über dem fernen Rennfeld. Die Schöpfung hat schon etwas Verlogenes an sich, dachte Muj.

***

Max Tannenblat fuhr, vom Wiener Südbahnhof über Mürzzuschlag kommend, direkt auf Kindberg zu. Er saß in einem Business-Abteil und las in der neuesten Ausgabe der Jüdischen Allgemeinen, die er am Bahnhofskiosk gekauft hatte, seine Lieblingskolumne über koschere Weine. Sein Gegenüber, ein jüngerer Mann im üblichen nadelgestreiften Bürodrillich von der Stange, blickte hin und wieder von seinem Laptop auf und musterte Tannenblat mit einer Mischung aus Neugier und Vorsicht. Man saß schließlich nicht jeden Tag mit einem orthodoxen Juden im Abteil, dem es vom runden chassidischen Strejmel-Hut mit der nach außen gestülpten Pelzkrempe über die schwarzen Schläfenlocken bis zum tief hinab an die dreiviertellangen Hosen reichenden Kaftan an nichts fehlte.

Für seine Mitreisenden sah Tannenblat wie ein Rabbiner aus. Die meisten Gojs glaubten ja, alle orthodoxe Juden wären Rabbiner. Aber welcher Rabbiner trug schon wie Tannenblat eine Handfeuerwaffe unter seinem Wollmantel? Nein, Tannenblats Tarnung war insoferne perfekt, als sie echt war. So echt wie Mirjam, der er diese Verkleidung verdankte.

Zuvor war Tannenblat ein ganz normaler aufgeklärter Jude gewesen, der kaum jemals eine Synagoge von innen gesehen hatte, seine Kippa allenfalls zu großen Familienfesten aufsetzte und es in der Hierarchie der geheimen Staatspolizei relativ, wenn auch nicht ganz nach oben geschafft hatte. Doch dann kam Mirjam und mit der Liebe zu ihr auch Tannenblats Bekehrung zur genauen Einhaltung der gezählten 613 Vorschriften, welche die Thora gläubigen Juden vom Verbot des Rasiermessers bis hin zu getrennten Kühlschränken für Milch und Fleisch auferlegte. Vor allem aber kam mit Mirjam auch die Verpflichtung, sich nach jüdischer Tradition zu kleiden.

Das Gesicht, das Tannenblats Vorgesetzter im Präsidium machte, als er ihm eröffnete, dass er in Zukunft nur noch im Kaftan und mit gekräuselten Pejes an seiner Dienststelle zu erscheinen gedachte, dieses Gesicht würde Tannenblat niemals vergessen. Sein Vorgesetzter hatte damals minutenlang geschwiegen und schließlich mit einem Anflug von Verzweiflung gesagt: „Ja, Tannenblat, dann bleibt Ihnen wohl nur noch die Bahn. Auf der Bahn, da können wir Sie mit einem solchen Outfit gerade noch einsetzen. Denn da sind Sie so auffällig, dass Sie schon wieder unauffällig sind. Wer käme schon auf die Idee, dass sich hinter einem reisenden Rabbi Jacob in Wahrheit ein Geheimpolizist verbirgt?“

Seither begleitete Tannenblat den Eurocity-Express Allegro Stradivari Tag für Tag, außer natürlich am Sabbat, hin und retour. Am Sabbat ging Max in die Synagoge. Das war außer seiner neuen Garderobe und der Tatsache, dass er statt einer Extrawurstsemmel nunmehr ein koscheres Pastrami-Sandwich in seiner Aktentasche bei sich führte, allerdings auch schon das einzig wirklich Orthodoxe an ihm. Ansonsten blieb er weiterhin eher liberal gesinnt, viel liberaler als Muj mit seinen etwas provinziellen Ansichten. Der war freilich auch eine ganz andere Art von Polizist als er. Der urbane Tannenblat schützte den Staat vor seinen Bürgern, Muj schützte die Bürger vor sich selbst. Kein Wunder, dass Muj da manchmal so verzopftes Zeug daherquatschte.

Auch Mujs Bekanntschaft verdankte Max übrigens Mirjam. Die Frau seines Lebens war eine alte Freundin von Laura Muj, mit der sie einige Jahre beim Europäischen Minderheiten-Verband FUEV zusammengearbeitet hatte.

Der Stradivari brauste gerade an der Ruine Langenwang vorbei. Tannenblat zog sein Handy aus dem für diese Jahreszeit viel zu dicken Mantel und wählte Mujs Nummer.

„Hi Muj", sagte er, „ich bin kurz vor Wartberg und fahre gleich bei dir vorbei. Mirjam hat mir ein paar Klezmer-CDs für Laura mitgegeben. Wenn du auf den Bahnhof kommen kannst, sorge ich für einen außerplanmäßigen Aufenthalt und übergebe dir in einem offiziellen Akt das Päckchen."

„Wird sich schwer ausgehen. Ich steck gerade tief in einem neuen Fall, oder, was noch schlimmer wäre: vielleicht in einem uralten. Das versuche ich gerade herauszufinden. Ist aber lieb von dir, Max. Bist du nach Bella Venezia unterwegs?"

„Um neun Uhr abends komme ich in Santa Lucia an, und schon eine halbe Stunde später stürze ich mich im wunderbaren Ristorante Gam Gam in Cannareggio über koschere Polpetti und Melanzani del Ghetto. Ich bin jetzt schon hungrig, und das Zeug aus dem Speisewagen ist leider in jeder Hinsicht unkoscher."

„Dann ruf ich Laura besser an, sie soll in Mestre zum Bahnhof gehen und dort die heiße Fracht übernehmen. So klezmerselig, wie sie ist, kommt sie sicher."

„Schade, ich hätte mich gefreut, dich wieder einmal zu treffen. Eine seltene DVD von der göttlichen Anna hat Mirjam nämlich auch dazugepackt."

„Das würde die Sache natürlich ändern. Aber im Augenblick geht's wirklich nicht. Die göttliche Anna singt in einer Woche auch noch für mich. Dann besuch ich Laura nämlich in Mestre."

„Toll. Vielleicht passt es, dass wir gemeinsam fahren."

„Mal sehen. Ich weiß ja, wann sich dein Arbeitsplatz an mir vorbeibewegt."

„Ich werde nicht zögern, die Zeit für eine Minute anzuhalten. Auf der Südbahn geht das noch."

„Sei gewiss, ich komme darauf zurück."

***

Muj ließ sein Handy in den Tiefen der Tasche seines abgeschabten Burberry-Mantels verschwinden und starrte auf den Bahndamm, der etwas erhöht auf einer grasbewachsenen Böschung lag. Tannenblats Expresszug musste jeden Augenblick aus dem Wald am Mürzknie heraus aufs offene Land fahren.

Mujs feines, an der Stimme der göttlichen Anna geschultes Gehör war auf das Rauschen von Zügen trainiert. Als unmittelbarer Anrainer des Schienenstrangs konnte er schon lange, bevor ein Zug einfuhr, vorhersagen, ob es sich um einen Güterzug, einen Schnellzug oder einen gewöhnlichen Personenzug handelte. Außerdem hatte er sich im Lauf der Jahre die wichtigsten Eckdaten des Fahrplans eingeprägt und konnte, wenn der Wechsel vom Sommer- auf den Winterfahrplan allzu grobe Veränderungen bereithielt, fuchsteufelswild werden.

Muj vernahm bereits den Auftakt jenes unverkennbaren Stradivari-Rauschens, das sich schnell über das ganze Tal ausbreitete. Ganz ähnlich hatte es wohl auch damals geklungen, an diesem Spätnachmittag im März 1998, als die vier Kinder ihre Köpfe über die Schienen beugten, um sich einem falschen Gott anzuvertrauen, den sie Satan nannten.

Die Bahntrasse lag so unschuldig vor ihm, als sei nichts von alledem jemals passiert. Und doch schien es

Muj, als speicherten die Gleise alles, was darauf geschehen war. Die Südbahn hatte ein über anderthalb Jahrhunderte währendes Gedächtnis, das auch dann allgegenwärtig war, wenn gerade kein Zug fuhr. Dann sah man zwar weder Waggons noch Lokomotiven, dachte Muj, aber man spürte sie. Genau wie die schwarzen Züge, die wie der Fliegende Holländer durch die Nacht rauschten und im Schutz der Dunkelheit tonnenweise Material an ihr Ziel brachten, das in Venedig ebenso liegen konnte wie in Wien oder Bukarest. Die Südbahn, das war Muj längst klar, war mehr als nur ein Verkehrsweg. Sie war ein Seinszustand.

Der Allegro-Stradivari-Express schob seine blaugrüne Triebwagennase schon keck aus dem finsteren Waldstück hervor, und allmählich folgte ihm Waggon für Waggon und rollte unter der Autobahnbrücke am Kindberger Friedhof vorbei auf den Bahnhof am Mürzufer zu. Muj hob seine rechte Hand zum Gruß und winkte dem Zug in der vagen Hoffnung zu, Max Tannenblat würde zurückwinken. Früher, als man in den Zügen noch die Fenster herunterschieben konnte, wäre das möglich gewesen. Heute spiegelte sich nur die allmählich verdämmernde Nachmittagssonne in den luftdichten Glasscheiben und blendete den winkenden Spaziergänger.

Der Zug verschwand, ohne zu halten, hinter dem Kindberger Bahnhofsgebäude, und Muj setzte seinen Spaziergang in Richtung Autobahnbrücke fort.

Die Brücke lag ziemlich genau auf halber Strecke zwischen den Plattenbauten der Knochensiedlung und dem Barockschloss Friedau, hinter dem ein schmaler Auweg zum alten Mürzkraftwerk abzweigte, das Kindberg mit Strom versorgte. Der Brücke verdankte Kindberg zwar, dass der Verkehr nicht mehr am weltberühmten Zunftbaum vorbei durch die Altstadt geleitet wurde, doch ansonsten war das Bauwerk alles andere als ein

Ruhmesblatt. Wie eine Fräse durchschnitt es, auf Stelzen gebaut und von überall her sichtbar, die Waldzungen und Ackerböden des Tals südlich des Semmerings. Der Stahlbeton war immer feucht, und wer unter der Brücke durchging, wurde selbst an Sonnentagen Opfer eines unfreiwilligen Tröpferlbads. Doch die Brücke tropfte nicht nur, sie schepperte auch im Wind unter dem Druck der Autokolonnen. Sooft Muj den Friedauweg entlangging, war er froh, wenn er die Brückenpfeiler hinter sich gelassen hatte und in der Ferne den kaisergelben Dachreiter von Schloss Friedau durch den Auwald blitzen sah.

Muj mochte sich nicht recht eingestehen, warum es ihn gerade heute die Mürz entlang nach Schloss Friedau zog, doch im Innersten seiner Polizistenseele wusste er genau, was ihn zu Beginn der Ermittlungen ausgerechnet diesen Weg der bittersten Niederlage seines Polizistenlebens einschlagen ließ.

Evilprincess lautete das Stichwort.

Evilprincess, das war der Spitzname jenes Mädchens, das sich mit drei Freunden aus einer Satanisten-Clique am Kindberger Gymnasium vor nun schon mehr als einem Jahrzehnt auf den Schienenstrang legte, um sich vom nächsten Zug den Kopf abschneiden zu lassen wie von einer Guillotine. Und er, der Kommissar Muj, hatte es nicht verhindern können.

Der Satanismus-Fall von Kindberg war damals in allen Zeitungen gestanden. Die Untersuchung wurde schließlich als Massenhysterie mit mehrfacher Selbstmordfolge zu den Akten gelegt, doch Muj hegte nicht den geringsten Zweifel daran, dass es sich in Wahrheit um ein Gewaltverbrechen handelte, das wie jedes echte Verbrechen auch einen Täter hatte. Es war ihm lediglich versagt geblieben, diesen auch zu überführen. Ob ihm das Nähkästchenherz, mit dem sich Evilprincess bei ihm zurückgemeldet hatte, noch einmal eine Chance gab?

Mujs labiler Blutdruck näherte sich, durch Schwindel und Ohrensausen deutlich spürbar, einer neuen Höchstmarke, als er, vorbei an den Schrebergärten und Windrädern längs des Bahndamms, gleich hinter dem Hundeabrichteplatz zu der Stelle kam, an der sich die Tragödie zugetragen hatte. Sie lag unmittelbar an jenem Punkt, an dem der Südbahnstrang unter der Autobahnbrücke hindurchführte, deren massiger Betonpfeiler damals mit satanischen Parolen und Symbolen vollgeschmiert war.

Heute wirkte der Platz still und unberührt. In den Schrebergärten blühte nichts mehr, und aus dem Erdreich kletterte nur noch das Grün der Winterwurzeln. Auf dem Abrichteplatz sah man weder Mensch noch Tier. Ins Brachland der abgeernteten Maisfelder neben der Mürz nistete sich allmählich milchiger Bodennebel ein. Hinter dem zum Teil schon farbenfroh mit Herbstlaub geschmückten Augürtel am Fluss schimmerte das renovierte Walmdach des Barockschlosses Friedau im beginnenden Abendrot.

Die Satanskinder hatten sich für ihre Bluthochzeit mit dem Teufel schon einen Ort von bemerkenswerter Aura ausgesucht, dachte Muj. Dass auf dem Brückenpfeiler in roter Leuchtfarbe immer noch ein Pentagramm zu sehen war, dessen unterer Zacken in ein verkehrtes Kreuz mündete, sorgte dafür, dass die Autobahnbrücke auch an heiteren Tagen wie eine Pforte ins Reich der Schatten und Dämonen wirkte.

Muj betrachtete das Pentagramm und überlegte, wie oft dieses makabre Symbol wohl schon amtlich weggewischt worden war. Doch da half keine noch so gründliche Reinigung – es dauerte zumeist nur ein paar Tage oder allenfalls Wochen, und das Zeichen erschien, in grellerem Rot als zuvor, wieder am Mauerwerk. Und mit ihm die Botschaft, dass der Teufel keineswegs Anstalten machte, Kindberg zu verlassen und sich nach Krieglach,

Bruck oder Aflenz zu verziehen. Er fühlte sich offensichtlich pudelwohl hier unter der Brücke.

Während Muj den Satanismus-Fall von damals in all seinen blutrünstigen Einzelheiten noch einmal vor sich vorüberziehen ließ, bemerkte er, dass irgendetwas an den satanistischen Emblemen am Brückenpfeiler sich verändert hatte. Es war kaum zu sehen, aber unter dem verkehrten Kreuz stand eine winzige, mit freiem Auge kaum wahrnehmbare Schrift, die nur aus einem einzigen Wort bestand.

Es lautete: Evilprincess.

***

Es schrillte auf der Standleitung des Kindberger Reviers.

„Mujjjjji", meldete sich Muj melodisch.

Grätenschleifer war dran, Mujs Feind aus Bruck an der Mur.

Ignaz Grätenschleifers Stimme war ebenso unverwechselbar wie Mujs dem Tremolo der göttlichen Anna nachempfundener Singsang. Der Bezirksinspektor von Bruck sprach seinen Namen so aus, dass er durch Mark und Bein ging: spitz wie eine Gräte und scharf wie ein Schleifstein.

„Grätttenschleiffffer", ungefähr so hörte sich das dann an.

Sobald Muj das spitze Schleifen hörte, regten sich einmal mehr die beiden großen Rasseln in seinem Brustkorb und erinnerten Muj daran, dass das Anstecken einer Virginier noch immer die beste Therapie gegen die Bedrohung aus Bruck war.

„Bitte draußen", wimmerte Sylvia Golubits einmal mehr. Doch diesmal reagierte Muj nicht und schloss lediglich die Glastür zur winzigen Koje seines Büros.

„Tag, Grätenschleifer", schnarrte Muj mit frostiger Stimme in den Hörer. „Was liegt an?"

„Die herzlose Leiche ..."

„Ihr hättet sie haben können, aber dann hättet ihr auch die Witwe trösten müssen, fairerweise."

„Nein, ich will die Leiche nicht haben", erwiderte Grätenschleifer. „Kindberger Leiche, Kindberger Fall."

„Ist schon gut, aber warum rufst du dann an?"

„Bruck denkt weiter, Bruck ist gescheiter ..."

Stille in der Leitung. Er hätte ihm niemals das Duwort anbieten dürfen, dachte Muj, jetzt, da es zu spät war.

„Kleiner Scherz unter Nachbarn, war nicht bös gemeint, ehrlich."

„Das Böse meint ihr immer ehrlich, ihr in Bruck!", sagte Muj und hatte dabei berechtigte Angst um seinen Blutdruckwert, der jetzt mutmaßlich die 200er-Marke so mühelos erklomm wie Reinhold Messner den K2.

„Jetzt sind wir aber quitt, Kindberger!", konterte Grätenschleifer. „Ich wollte ja nur behilflich sein."

„Also, was gibt's Neues aus Bruck?"

„Ich habe einen Verdächtigen für dich. Er sitzt, oder besser: er hängt gegenüber von mir."

„Was heißt das, er hängt?"

„Er hängt auf dem Stuhl und ist völlig zugekifft, der Knabe. Wir haben ihn am Brucker Bahnhofsklo aufgelesen."

„Ich suche aber keinen Kiffer, sondern einen Mörder, Grätenschleifer."

„Du suchst den Mörder einer Leiche, der das Herz fehlt, stimmt's?"

„Bestens informiert wie immer, die Brucker, solang es nicht um ihre eigenen Fälle geht."

„Ich hab dich ja fest im Blickfeld, Muj. Drum schau ich auch so auf dich."

„Was ist mit dem Herz? Trägt der Knabe das seine etwa auf der Zunge?"

„Wie meinst du das?"

„Ich meine, ob er etwas gestanden hat, einen Mord oder so?“

„Ach nein. Der ist viel zu zugekifft, um etwas zu gestehen. Aber das T-Shirt, das er trägt ...“

„... zeigt eine Tante, die ein Herz für Satan zwischen den Beinen trägt, stimmt's?“

„Woher in Dreiteufelsnamen weißt du denn das schon wieder? Kann doch nicht sein, dass ihr Kindberger hellsehen könnt!“

„Der Junge ist harmlos, der kann's gar nicht gewesen sein. Am besten, du schickst ihn wieder heim, Grätenschleifer.“

Die lange Pause, die nun folgte, ließ Muj vermuten, dass Grätenschleifer sie zum Schlucken benötigte.

„Der Junge ist viel zu bekifft, um irgendwo hingeschickt zu werden“, sagte Grätenschleifer schließlich verdattert.

„Der ist nicht bekifft, sondern sturzbetrunken.“

„Das wird erst der Amtsarzt feststellen“, erwiderte Grätenschleifer unerwartet schroff. „Ich sage, er ist bekifft.“

„Denk an mich, wenn der Amtsarzt sein Attest ausstellt. Ciao, Grätenschleifer.“

Muj legte auf, nahm einen tiefen, befreienden Zug von seiner Virginier und rasselte dabei so laut, dass „das Weib“ es sogar durch die Glastüre hörte.

Muj stieß die Tür auf. Er merkte plötzlich, dass er heute noch nichts gegessen hatte. Höchste Zeit, bei Panther auf eine Flecksuppe und ein Glas Welsch vorbeizuschauen.

Als er an Sylvia Golubits vorbeiging, blies er ihr demonstrativ einen wohlgeformten Ring ins Gesicht.

„Als Polizistin könnte ich einfach darauf hinweisen, dass das Rauchen auf dem Revier verboten ist, wie in allen öffentlichen Gebäuden. Ich spreche aber ...“

„... nicht als Polizistin, sondern als jemand, der es gut mit mir meint, nicht wahr, Frau Inspektor?“

„Sagen Sie nicht Frau Inspektor zu mir, ich weiß ganz genau, dass ihr mich nur ‚das Weib‘ nennt, sobald ich den Raum verlassen habe.“

„Stimmt nicht, ich nenne Sie nie so“, widersprach Muj. Der Blasebalg zwischen seinen Rippen quietschte wie eine Barockorgel.

„Sie tun aber auch nichts dagegen, dass die anderen es sagen“, insistierte Sylvia Golubits.

„Polizisten“, sagte Muj mit einem verächtlichen Zucken um die Mundwinkel. „Was wollen Sie?“

Sylvia Golubits lächelte. „Ich will, dass wir Sie noch ein wenig länger haben, Herr Bezirksinspektor.“

„Wenn Sie dieses unwiderstehliche Lächeln aufsetzen, Frau Inspektor ...“

„Inspektorin. Wenn Sie Frau Inspektorin zu mir sagen, dann sage ich in Zukunft vielleicht Herr Kommissar zu Ihnen.“

„Darüber ließe sich reden, Frau Golubits.“

„Dann schauen Sie ein bisschen mehr auf sich, Herr Muj.“

***

Wenn der Tag allmählich zur Neige ging, kamen bei Muj die Gurkengläser an die Reihe. Muj staubte sie zweimal am Tag ab, frühmorgens und spätabends, und einmal im Monat wusch er sie allesamt mit einem Glasspülmittel durch. Es gab wenig, was Muj mehr störte als ein verdrecktes Gurkenglas, das seinen Inhalt hinter Schlieren oder Patzern verbarg.

Der heutige Tag war nicht Mujs Tag gewesen, und bei Panther hatte er gleich mehrere Gläser Welsch und eine doppelte Portion Flecksuppe gebraucht, um das Unbehagen hinunterzuspülen, das ihn seit jenem Augenblick erfasst hatte, in dem Evilprincess wieder in sein Leben getreten war.

Was hieß: in sein Leben getreten? Sie war doch tot. Er war als Freund der Familie sogar bei ihrem Begräbnis zugegen gewesen. Was in Dreiteufelsnamen sollte sie wieder lebendig gemacht haben?

Muj gab sich die Antwort auf diese Frage selbst: der Teufel natürlich, wer sonst.

Der Bezirksinspektor bedurfte der Tröstung durch seine Gurkengläser heute noch mehr als sonst. Fünfzig Stück davon standen in dem Wandschrank, den er feierlich wie ein Priester seinen Tabernakel öffnete. Noch feierlicher war ihm nur noch zumute, wenn er eine neue DVD der göttlichen Anna in den Schacht schob.

Fünfzig Fälle, fünfzig Gläser. Eines davon leer, weil ungelöst. Muj überlegte, ob er für den Herzerlfresser-Fall ein neues Glas mit der Nummer 51/08 anlegen oder darauf hoffen sollte, dass sich als Ergebnis dieses Falles endlich das Evilprincess-Glas füllen würde.

Während Muj seine Gläser mit einem Brillentuch mehr streichelte als reinigte, fiel ihm Tannenblat ein, der nun wohl schon auf Mestre zufuhr. Dummerweise hatte Muj in Anbetracht des Hexenzaubers vergessen, Laura anzurufen, die in spätestens einer halben Stunde am Bahnsteig von Mestre ihr Klezmer-Päckchen entgegennehmen sollte – und Mirjams Zugabe mit der göttlichen Anna nicht zu vergessen.

Muj unterbrach jäh das Streicheln der Gläsersammlung und rief Laura an, die um diese Zeit mit ihrer Mutter zu Abend aß. Es war keine gute Zeit zum Telefonieren. Laura hatte es ohnehin schon schwer genug mit ihrer Mutter, die mehr oder weniger ein Pflegefall war und jemanden brauchte, der sich rund um die Uhr um sie kümmerte. Doch obwohl Laura es hasste, wenn man sie während des Abendessens anrief, hob sie immer folgsam den Hörer ab, sobald es läutete. Es könnte ja etwas wirklich Wichtiges vorgefallen sein. Aber wehe dem, der nichts wirklich Wichtiges zu vermelden hatte, wenn er Laura beim Essen störte.

Muj dachte an die göttliche Anna und versuchte es trotzdem. Doch Laura hielt Klezmer und die göttliche Anna offenbar für nicht wichtig genug, um sich nach Einbruch der Dunkelheit in ihren Fiat Punto zu setzen und in höchster Eile auf den Bahnhof zu düsen. Entsprechend verhalten war auch ihre Reaktion auf Mujs Anruf.

„Hast du was getrunken, Muj?“, fragte sie, die einen sechsten Sinn für die Intensität seines Zungenschlags hatte, scharf.

„Nicht mehr als sonst“, log Muj.

„Auch das ist schon zu viel“, erwiderte Laura. „Höchste Zeit, dass ich wieder einmal nach Kindberg komme und nach dem Rechten sehe. Aber Mutters Zustand lässt das zurzeit nicht zu. Und sie hat ja nur mich.“

„Und ich hab nur dich.“

„Du hast immerhin noch deine Leichen. Die unterhalten dich doch in Wahrheit blendend.“

Muj wollte ihr widersprechen, doch dann dachte er daran, dass Muj im Jenischen, der Sprache seiner Vorfahren, Mund bedeutete. So ein Mund konnte ein gefährliches Instrument sein, und Muj hielt es im Moment aus beziehungstechnischen Gründen für klüger, denselben zu halten.

„Es wird Zeit, Laura“, sagte er stattdessen, „dass du wieder einmal heraufkommst nach Kindberg.“

„Apropos: Hast du auch nicht vergessen, die Blumen zu gießen? Vor allem die Aechmea. Du brauchst nur ein wenig Wasser in den Blumenkelch nachzugießen, dann hast du länger was von ihr.“

„Natürlich hab ich das nicht vergessen", log Muj abermals. „Wie geht's übrigens deiner Mutter?"

„Sie ist den ganzen Tag am Fenster gesessen und hat den Alleebäumen beim Tanzen zugesehen. Zumindest hat sie mir das erzählt."

„Furchtbar."

„Ihr scheint's gefallen zu haben. Für sie war es ein guter Tag. Für mich weniger."

„Du stehst das schon durch."

„Also bis morgen dann. Aber ruf entweder früher an oder später. Nicht wieder, während wir zu Abend essen."

„Bis morgen."

Muj dachte an Tannenblat, der nun wohl schon kurz vor Mestre war, und mit ihm Mirjams Gruß von der göttlichen Anna. Die neue DVD könnte sich längst in seinem Schacht drehen, wenn er sich nicht so sehr in seinen neuen Fall verbohrt hätte, dachte Muj.

Es klingelte. Professor Gehbacher stand draußen und schwenkte mit einer bedeutsamen Geste eine gelbe Flügelmappe in der Hand.

Muj führte seinen Gast ins Wohnzimmer, wo dieser die Mappe aufschlug. Sie enthielt nichts außer einem Blatt Papier.

„Ich war für Sie im Kindberger Stadtarchiv", sagte der Professor, „im Sinne einer guten Nachbarschaft gewissermaßen."

„Sehr zuvorkommend von Ihnen", erwiderte Muj.

„Ich bin aber nicht recht fündig geworden", fuhr Gehbacher fort. „Leider wurde das gesamte Aktenmaterial des Herzerlfresser-Falles schon kurz nach der Tat nach Graz überstellt. Das Einzige, was ich fand, ist dieses Typoskript, von dem ich eine Kopie anfertigen ließ."

Gehbacher drückte Muj die Fotokopie in die Hand. Muj unterzog das neue Beweisstück einer kritischen

Prüfung und stellte fest, dass das Dokument einen Eingangsstempel vom 23.5.1984 trug und offensichtlich in Gedichtform abgefasst war.

„Seltsamerweise war das Blatt nicht unter dem Stichwort Herzerlfresser abgelegt, und ich würde es wohl nie gefunden haben, hätte mich die freundliche Archivarin nicht ausdrücklich auf unser Gemeindejahrbuch als mögliche Quelle hingewiesen. Ich habe für Sie alle Jahrgänge durchgesehen und es ganz zuletzt in einem speziellen Ordner entdeckt, der unter ‚Unveröffentlichte Manuskripte' abgelegt war."

Muj überflog das dreistrophige Gedicht, das den Titel „Herzerlfressers Liebesschwur" trug.

Lass mich dein Herzerl seh'n,
sonst ist's um mich gescheh'n.
Schiebst nicht dein Brüsterl raus,
Reiß ich dir's Herzerl aus.
S'Herzerl, das schmeckt so gut,
säuft sich so warm dein Blut.
Hätt'st mich an dein Herzerl druckt,
hätt ich's nicht runterg'schluckt.

Wollt dich doch nicht schocken,
Wollt bloß dein Herzerl brocken,
hat's doch so schön gepocht
an deinem Lebensdocht.
Schnitt ich den Docht dir ab,
bracht ich dir's frühe Grab.
Jetzt kiefel ich an dein Herzerl
Als wär's ein Schulterscherzerl.

Möchte das Herzerl dein
der Himmelmutter weih'n,
stoß hinein sieben Dolch,

bin deshalb doch kein Strolch.
Zieh ich die Dolch heraus,
zuzel ich's Blut hinaus.
Schließ, herzliebst's Mägdelein,
in mein Gebet dich ein.

H.G.

„Ich hätte es auch nicht gedruckt, ehrlich gesagt", sagte Muj. „Das grenzt ja an Schmutz und Schund."

„Die damalige Schriftleitung dürfte das ganz ähnlich gesehen haben", pflichtete ihm Gehbacher bei.

„Aber wer oder was ist H.G.?", fragte Muj.

„Vermutlich ein Perverser, der seinen Namen nicht preisgeben wollte."

„Ja, vermutlich", sagte Muj, den diese Antwort keinesfalls zufriedenstellte. „In jedem Fall haben Sie sich ein Gläschen Welsch verdient, Professore!"

„Ich habe heute schon zwei Stamperln von meinem Lärcherlschnaps getrunken", winkte Gehbacher ab. „Mehr Alkohol ist in meinem Alter nicht mehr drin."

Muj öffnete dennoch eine Flasche oststeirischen Welschriesling und lud sich selber darauf ein.

Gehbacher beendete seinen Besuch, und Muj taute sich eine Flecksuppe auf. Er bezog sie von Sissy, die neben der Shell-Tankstelle ihres Mannes eine Imbisshütte betrieb und die beste Flecksuppe zwischen Wien und Palermo kochte, oder zumindest zwischen Mürzzuschlag und Bruck. Er holte sich einmal im Monat einen Zehnliter-Topf und fror die Flecksuppe portionsweise ein. Davon ließ sich leben, vor allem, wenn man dazu nicht an Knoblauchtoasts sparte.

Die Flasche Welsch, die er für Gehbacher geöffnet hatte, leerte sich dabei wie von selbst. Die göttliche Anna sang „Casta Diva" aus Bellinis Norma. Fast ebenso wie ihre Stimme liebte Muj die blitzsauberen, strahlenden Zähne der Netrebko. Und dabei waren die noch nicht einmal das Allerschönste an ihr.

Lauras Blumen hatte Muj immer noch nicht gegossen.

Als Muj am nächsten Tag, nur wenige Minute nach „dem Weib“, aber noch vor Gruppeninspektor Jakoby, seinen Dienst antrat, merkte er seiner Mitarbeiterin schon beim Betreten des Büros an, dass der Tag offenbar nicht gut begonnen hatte.

„Sie sollen Inspektor Grätenschleifer in Bruck anrufen“, sagte sie mit düsterem Kassandrablick.

„Wissen Sie, was er will?“

„Ich fürchte, er will unseren Fall. Aber das soll er Ihnen selber sagen, Herr Bezirksinspektor.“

„Dann stellen Sie ihn mir halt in Gottes Namen in mein Büro durch“, erwiderte Muj mürrisch.

„Hallo Muj“, sagte Grätenschleifer, und in seiner Stimme klang so etwas wie Hohn durch.

„Was ist los?“

„Ich fürchte, dein neuer Fall hat sich in den Zug gesetzt und ist zu uns nach Bruck gefahren.“

„Leichen fahren nur selten Bahn, und soweit ich weiß, ist meine auch schon in der Grazer Pathologie. Also wer ist da jetzt wohin gefahren?“

„Lass mich dir eine kleine Geschichte erzählen“, begann Grätenschleifer.

„Du könntest mir auch gleich sagen, worauf du hinauswillst. Unser Beruf ist so schon spannend genug.“

„Nicht in diesem Fall. Denn die Geschichte ist wirklich gut, um nicht zu sagen: schaurig.“

„Also spuck's schon aus!“

„Ich würde einmal so sagen: Es ist mir ein wesentliches Indiz dafür zugespielt worden, dass der Fall vom Herzerlfresserweg bei mir und meinem so gut wie überführten Verdächtigen besser aufgehoben ist als bei dir und deiner seltsamen Menschenfreundlichkeit, was Punker und Satanisten betrifft."

„Du hast doch nicht womöglich noch immer den betrunkenen Knaben im Visier?"

„Du meinst den bekifften?"

„Hast du schon ein ärztliches Attest?"

„Ich erwarte es stündlich. Aber dein Knabe hat sich selbst leider gewaltig belastet."

„Wie denn das?"

„Jetzt willst du ja doch, dass ich dir meine Geschichte erzähle. Ich hab mir's gleich gedacht."

„Okay. Dann erzähl mal."

„Also: Die Geschichte beginnt mit unserem heutigen Posteinlauf. Findet sich doch da ein mit sehr viel Tixo zugeklebtes Kuvert, das nichts anderes enthält als den Schlüssel zu einem Schließfach im Brucker Bahnhof. Ich schicke eine Mitarbeiterin hin, und die liegt mittlerweile mit einem schweren Schock in der Brucker Klinik. Weißt Du auch warum?"

„Vielleicht hatte sie zu viel Stress, Grätenschleifer, wie soll ich das wissen?"

„In diesem Fall hast du vielleicht ausnahmsweise Recht. Dabei handelt es sich um eine sonst recht hartgesottene Kollegin, die normalerweise für unser blühendes Brucker Drogenmilieu zuständig ist und ihre Sache recht gut – und vor allem furchtlos – macht. Die Kollegin fährt also zu dem Schließfach, öffnet es und findet darin – ein frisches Herz, das in ein blutüberströmtes T-Shirt gewickelt ist. Die Kollegin ist einer Ohnmacht nahe, ruft mich noch im Revier an, übergibt sich und bricht vor dem Schließfach bewusstlos zusammen. Du sagst ja gar nichts, Muj!"

„In der Tat eine schaurige Geschichte", erwiderte Muj, „und baldige Besserung der Frau Kollegin, unbekannterweise."

„Ich werd's ihr ausrichten."

„Was ich allerdings nicht verstehe ist, was das alles mit unserem betrunkenen kleinen Punker zu tun haben soll."

„Geduld, Geduld. Die Geschichte geht ja noch weiter. Wir schauen uns natürlich das Herz und das blutige Binkerl, in das es gewickelt ist, ganz genau an und stellen fest, dass dieses Binkerl ein Zwillingsbrüderchen des T-Shirts ist, das unser Knabe trägt. Ich verwickle den Jungen also in ein Gespräch über sein T-Shirt und frage ihn, ob es von dieser Sorte noch mehr gibt. Ja klar, antwortet er, er habe daheim noch zwei oder drei. Also wie viele, frage ich. Das, sagt er, wisse er nicht mehr so genau. Wenn das nicht der Stoff ist, aus dem die Geständnisse sind, mein lieber Muj! Ich brauch ihn jetzt nur noch eine Weile zappeln zu lassen."

„Vorausgesetzt, du kriegst den Fall."

„Wieso soll ich ihn nicht kriegen? Die Fakten liegen doch klar. Ich habe die Leiche, und ich habe einen Tatverdächtigen."

„Du hast ein Herz, aber keine Leiche. Und du hast ein T-Shirt, aber kein Geständnis."

„Aber das Herz ist der Kern des Falles."

„Das, denke ich, sollten doch lieber unsere Polizeijuristen in Graz entscheiden. Schönen Tag noch", sagte Muj und legte auf.

Vielleicht sollte er doch wieder einmal nach Graz fahren, dachte Muj. Vielleicht reichte es aber auch, ein Mail an die richtige Person zu schicken. Zum Beispiel an Frau Doktor Katzenberger, die vermutlich – das Skalpell in der Rechten und eine Marlboro in der Linken – gerade Herrn Gobers sterbliche Überreste auf dem Seziertisch bearbeitete. Es war nicht unwichtig, was sie dabei herausfand. Und auch der Polizeipräsident hörte im Zweifelsfall auf sie.

***

Das Mail aus dem Grazer Präsidium kam noch am selben Abend und hatte eine klare Botschaft. Es erging an Bezirksinspektor Ignaz Grätenschleifer mit einem Cc an Muj: „Nach Rücksprache mit dem Institut für Gerichtsmedizin und der Rechtsabteilung des Landespolizeikommandos Steiermark ergeht folgende Weisung: Da der Ermordete Leopold Gober als juristische Person im Bezirk Mürzzuschlag ansässig war und seine Leiche auf Kindberger Ortsgebiet im nämlichen Bezirk aufgefunden wurde, während im Bezirk Bruck a.d. Mur lediglich das Herz, nicht aber der Körper des Verstorbenen einer erkennungsdienstlichen Behandlung zugeführt werden konnte, verbleibt die Leitung der polizeilichen Ermittlungen bis auf Widerruf bei der Polizeiinspektion Kindberg. Gez. d. Präs. d. LPKDO Stmk.“

Muj strich sich, nachdem er das gelesen hatte, zufrieden über sein Sonnengeflecht und überlegte, ob er sich, um seinen Sieg über Grätenschleifer zu zelebrieren, nicht wider den zu erwartenden Widerstand von Sylvia Golubits eine Virginier anheizen sollte. Doch da in seinem massigen Körper eine mitfühlende Seele wohnte, forderte er lieber eine Funkstreife an und ließ sich von dieser im Triumphzug vor das Portal des Bezirkspolizeikommandos Bruck an der Mur geleiten.

Als er Grätenschleifers Büro betrat, empfing der bullige kleine Polizist mit den tiefen Geheimratsecken und dem buschigen Schnurrbärtchen ihn grußlos und drückte ihm lediglich eine Liste in die Hand.

„Du brauchst nur zu quittieren und der Fall gehört dir, Muj“, brummte Grätenschleifer, sichtlich gramgebeugt, und nuckelte an einer Dose Red Bull, die er neben seinem Schreibtisch im Schatten eines Gummibaums stehen hatte.

Muj lüpfte umständlich seine Gleitsichtbrille und warf einen Blick auf die Liste, auf der nur drei Objekte angeführt waren:

1 Schließfachschlüssel (keine Fingerabdrücke gefunden)

1 Tatortfoto (Herz), Original in Graz

1 Untersuchungshäftling (Herkunft unbekannt, gibt an, Clown zu heißen und ist noch erkennungsdienstlich zu behandeln)

Muj unterzeichnete.

„Sollten wir den Schließfachschlüssel nicht einfach der zuständigen Fahrdienstleitung ausliefern?", fragte Muj und lächelte wieder einmal nach innen. „Er hat ja keinerlei Belang mehr."

„Das kannst du halten wie du willst", sagte Grätenschleifer. „Der Schlüssel gehört dir, der Knabe übrigens auch."

Grätenschleifer griff zum Telefon. „Raufbringen den Clown", bellte er in den Hörer.

Zwei Minuten später öffnete sich die Tür und ein Streifenpolizist in Uniform führte Clown in Handschellen vor.

„Abnehmen die Handschellen", kommandierte Grätenschleifer, stand von seinem Schreibtisch auf und ging geradewegs auf den Jungen zu. Der Polizist führte seinen Befehl aus, hielt den Delinquenten aber aus Angst, er könnte türmen, mit hartem Griff am Ellbogen fest.

Grätenschleifer nahm die Handschellen in Empfang. Was dann folgte, dauerte nur den Bruchteil einer Sekunde. Grätenschleifer legte die eine Schelle wieder um die rechte Hand des Teufelsknaben und klickte sie fest. Dann nützte er Mujs Schrecksekunde, um ihm die andere Schelle aufs linke Handgelenk zu drücken und ebenfalls einklicken zu lassen.

„Jetzt gehört er dir", sagte Grätenschleifer, und in seinen Augen glimmte über dem dürren Schnauzbärtchen deulich sichtbar das Feuer der Rache auf. „Nimm ihn mit und pass gut auf ihn auf."

„Danke", sagte Muj, dem im Moment nichts Besseres einfiel, und wandte sich zum Gehen.

„Du hast noch was vergessen!", rief ihm Grätenschleifer nach.

„Ach ja?"

„Den Schlüssel für die Handschellen solltest du vielleicht auch noch mitnehmen."

Muj nahm den Schlüssel und wusste, dass sein Triumph jetzt nur noch ein halber war.

Grätenschleifer schien die andere Hälfte sichtlich zu genießen.

***

„Wie geht's dir?", fragte Muj, nachdem er seinen neuen Schützling aufs Kindberger Revier verfrachtet und ihn, wie auch sich selbst, von den lästigen Handschellen befreit hatte.

„Mein Aug tut voll weh."

„Bist hing'fallen?"

„Hab gestern nimmer auf die Straße g'schaut, schon klar."

„Wo kommst denn her?"

„Aus Kindbergdörfl, ich wohn in dem spitzen Haus gleich hinterm Kalvarienberg."

Muj musterte den Kindberger Stadtindianer von Kopf bis Fuß und bemerkte, dass unter seinen blutunterlaufenen Augen in seinem rechten Nasenloch eine winzige goldene Sicherheitsnadel steckte. Auch dieses Kleinod würde sich verdammt gut in einem seiner Gurkengläser machen, dachte Muj einen Augenblick lang, und das Lächeln nach innen, das gottlob keiner außer ihm selbst bemerkte, streifte einmal mehr sein Gesicht. Doch dann dachte er an Laura mit ihrer Liebe zur politischen Korrektheit und ersuchte den Stenotypisten in seinem Oberstübchen, diesen Gedankengang gleich wieder aus dem Protokoll zu streichen.

„Gestern war ich ein bisschen überdreht“, sagte der Junge. Muj schätzte ihn auf nicht einmal sechzehn.

„Warst high?“

„Wenn ich Stoff brauch, weiß ich, wo ich ihn herkrieg. Muss nicht viel fragen. Aber ich brauch keinen. Alk reicht.“ Der Knabe grinste übers ganze Gesicht. „Ich kann sogar damit schießen.”

„Mit Alk?“

„Klar.“

„Worauf schießt du denn da?“

„Aufs Freibier. Beim Freibierschießen bin ich eine große Nummer. Man schießt mit einem Krügel Bier auf einem langen Tisch in einen Kreidekreis, und wenn man das schafft, darf man's umsonst austrinken. Wenn's umfällt, muss man es zahlen. Meines ist noch nie umgefallen.“

„Das ist ja imponierend. Hast du eigentlich eine Freundin, der das auch imponiert?

„Klar. Aber die Sauferei imponiert ihr nicht.“

„Und wie schaut sie aus?“

„Brennendes Eis, und grau getigert.“

„Wie heißt sie denn?“

„Michi.“

„Und was ist mit der Teufelsfratze zwischen den gespreizten Beinen auf deinem T-Shirt, taugt das der Michi?“

„Die Michi steht net auf Satanismus. Die is voll Metallic.“

„Und du stehst auf Satanismus?“

„Nimma wirklich. Aber es is sowieso egal. Die Michi steht nimma auf mi.“

„Und drum hast dich ang'soffen?“

„So bin ich halt. Mein Leben war schon zu Ende, noch bevor's ang'fangen hat."

„Du red'st einen Scheiß daher, Bub."

„So bin ich halt drauf."

„Wie heißt denn jetzt wirklich?"

„Clown. Ich heiß Clown."

„Und wie haben dich deine Eltern g'nannt?"

„Auch Clown. Von denen hab ich das ja."

Muj holte tief Luft. Ein leichter Patient war das nicht. „Du willst mir also nicht sagen, wie du heißt?"

„Sagen nicht."

Clown fischte einen Personalausweis aus den Tiefen der Army-Jacke, die er über dem Teufels-Shirt trug, und drückte ihn Muj in die Hand. „Da steht ohnehin alles."

„Und das hast du den Kollegen in Bruck nicht ausgehändigt?"

„Die haben nicht danach gefragt."

„Du machst es uns nicht leicht, – Clown."

„Weißt eh, die Hoffnung stirbt zuletzt. Und ich bin halt ein Stachelschwein."

„Bist jetzt ein Stachelschwein oder ein Clown?"

„Stachelschwein, das hat die Michi g'sagt."

„Hat's dich gereizt?"

„Sie hat g'sagt, ich bin ihr zu fad. Da hat's einen Fehler g'macht, die Michi, der wird sie noch teuer zu stehen kommen."

„Was heißt das, teuer? – Du wirst ihr doch nicht eine in die Goschen hauen?"

„Das nicht, aber mei Ehre lass ich mir von der Michi nicht nehmen. Ich bin weder feig noch fad."

„Hast du so was, eine Ehre?"

„Klar."

„Und wie verträgt sich die mit der Koma-Sauferei?"

„Fuck!"

„Und mit dem Teufel auf'm T-Shirt?"

„Das hat doch in Kindberg jeder. Das ist beim letzten Krampuskränzchen vom Kindberger Perchtenverein palettenweis übrig geblieben, und dann haben sie's für die Tombola am Maturaball gestiftet."

„Bist also kein Satanist?"

„Nimma."

„Das heißt, du warst einer?"

„Das ist nicht so ernst. Bei uns in der Klass muss man entweder Skinhead sein oder Satanist, wenn man wer sein will. Und da war ich halt lieber ein Satanist."

„Und da habt's euch dann getroffen, mit so verkehrten Kreuzen und Drudenfüß."

„Ja, aber das war harmlos."

„Wo habt's euch denn getroffen?"

„Oben, am Georgiberg, da ist angeblich ein alter Hexentanzplatz. Aber das war fader als in jeder Disco."

„Nix Gruppensex?"

„Sicher net. Ich würd mich voll anscheißen, bevor ich so was mach."

„Und wer hat das organisiert?"

„Keine Ahnung. Da hat's nur geheißen: Ich hab was für dich ... und du kommst nie drauf, was es ist. Also bin ich hingangen."

„Wer hat das gesagt?"

„Irgendwer. Weiß ich nimma."

„Und da waren nur Schulkollegen, da oben auf dem Georgiberg?"

„Ja, genau. Und so ein Wiener. Magic Melmoth hat er geheißen. Aber der war ziemlich uncool. Eher ein Zauberkünstler als ein Satansprediger."

Muj blickte noch einmal auf den Personalausweis seines Klienten. „Na dann, Clown, dann werden wir halt deine Personalien aufnehmen. Und danach kannst deine Eltern anrufen. Sie sollen dich abholen."

„Können das nicht Sie machen? Die sind immer so unentspannt.“

„Na gut“, antwortete Muj nach kurzem Überlegen.

„Bussala“, sagte Clown.

***

Panther und Eisenherz spickten um die Wette. Eisenherz lag vorne, wie meistens, wenn die beiden gegeneinander antraten. Eisenherz war der Überzeugung, schon mit einem Köcher voller Darts-Pfeile geboren worden zu sein. Seine Mutter sah das zwar etwas anders, aber er schenkte ihr keinen Glauben.

„Bullseye. Fünfzig Punkte, heut krieg ich dich noch, schwarzer Prinz!“, jubelte Panther Fürnschitz, obwohl er immer noch hundert Punkte hinter Eisenherz lag.

Der brachte den nächsten Pfeil in Anschlag, warf sein Prinzenhaupt stolz in Pose. „Triple!“, triumphierte er.

„Shit!“

„Trag's mit einem Lärcherl. Ich lad dich ein.“

Panther ließ sich das nicht zweimal sagen und trabte zu seiner Schank hinüber.

„Willst auch eins?“

„Ein Lärcherl ist kein Lercherl. Und ein doppeltes Lärcherl ist schon gar kein Lercherl.“

„Ich bin aber auch kein Lercherlschas“, grinste Panther. „Noch geb ich mich nicht geschlagen.“

„Der Muj war aber gestern auch kein Lercherl. Der hat ganz schön gewankt, obwohl er zwei Flecksuppen bestellt hat.“

„Der trinkt aber auch keinen Lärcherlschnaps, sondern Welsch, und von dem nicht wenig.“

„Hat's nicht leicht im Moment, der Muj. Die alte Geschichte spukt wieder in seinem Kopf herum.“

„Die mit den Teufelsanbetern?“

„Du hast ihm einen ganz ordentlichen Schock versetzt mit deinem Nähkästchenherz."

„Das war nicht meins, das kam von Evilprincess."

„Eben. Und die ist tot."

„Du willst doch damit nicht sagen, dass Muj an Gespenster glaubt?"

„Gespenster kann man nicht hinter Schloss und Riegel bringen. Das ist exakt das Problem, das Polizisten mit ihnen haben."

Eisenherz setzte sich an den Tisch mit den beiden Schaufensterpuppen, die Panther billig eingekauft und mit den neuesten Designerklamotten eingekleidet hatte, damit sein Lokal niemals leer aussah, auch wenn es das – wie heute wieder einmal – war. Panther setzte unterdessen zu einem neuerlichen Wurf an, der fast daneben gegangen wäre und Muj erwischt hätte, der soeben durch die dicke Rillenglastür eintrat.

„Kindsköpfe", sagte Muj. „Fällt euch nichts G'scheiteres ein als dieses dumme Spiel, um eure Zeit totzuschlagen?"

„Das ist kein dummes Spiel. Das ist altes Kulturgut, mein König", widersprach Eisenherz. „Im Übrigen ist es auch ein Spiel der Könige. Die schöne Anne Boleyn hat es ihrem Ehemann, König Heinrich VIII., geschenkt, und der soll es ausgesprochen gern gespielt haben. Das war nicht so ein Ignorant wie du, mein König."

„Das hat aber nichts daran geändert, dass der verspielte König der edlen Spenderin den Kopf abschlagen ließ."

„Wahrscheinlich spielte er nicht gut genug, um sie mit einem Darts-Pfeil zu erschießen."

„Ich fange jedenfalls gar nicht erst an mit dem Spiel", beharrte Muj. „Mein Job ist Spiel genug."

„Mit wem spielst du den gerade?"

„Mit Grätenschleifer, wieder einmal."

„Und wer ist am Gewinnen?“

„Die erste Runde ging an mich, aber das Spiel ist noch lange nicht aus.“

„Lässt du uns ein wenig kiebitzen?“

„Kiebitzen gilt nicht, aber wenn du willst, kannst du mitspielen.“

„Du brauchst was von mir, sag’s gleich. Was liegt an?“

„Grätenschleifer hat den kleinen Satanas verhaftet, den Panther gestern in der Früh in den Zug gesetzt hat.“

„Hat er denn was ausgefressen?“

„Ich glaube nicht. Drum habe ich ihn auch gerade wieder freigelassen.“

„Das wird dem Herrn Grätenschleifer aber gar nicht recht sein“, sagte Eisenherz.

„Er tobt, ja. Aber das hat mich noch nie gestört. Im Gegenteil. Mir ist es lieber, er tobt und nicht ich.“

„Kann ich gut verstehen“, sagte Panther und ließ einen neuen Pfeil los, der das ins Auge gefasste Ziel auch wieder nur ungefähr erreichte.

„Was mich ein bisschen nervös macht“, fuhr Muj fort, während er sich seine Gleitsichtbrille an der Krawatte abputzte, „ist allerdings, dass ich mir nicht sicher bin, ob Grätenschleifer nicht vielleicht doch Recht hat mit seinem Verdacht.“

„Aber nie“, sagte Panther entrüstet. „Ich hab’s dir doch schon gesagt, der Junge kann mit Evilprincess nichts zu tun haben. Er war schon weg, als mir das Herz zuflog.“

„Mit Evilprincess vielleicht nicht, aber mit dem Herzerlfressermord womöglich. Er ist nämlich am Brucker Bahnhof herumgelungert, wo sich ganz zufällig unser fehlendes Herz in einem Schließfach versteckt hielt.“

„Du hast das Herz gefunden?“ Eisenherz schickte vor lauter Schreck einen weiteren Pfeil auf die Reise, der geradewegs ins Schwarze traf.

„Ich geb's auf", sagte Panther und schoss seinen letzten Pfeil resigniert in die Schanktür.

„Das Herz war in das gleiche T-Shirt gehüllt, das auch unser junger Freund trug. Ich weiß, T-Shirts dieser Art gibt es im Mürztal seit dem letzten Krampuslauf wie Sand am Meer. Aber dennoch: Zuerst das Nähkästchenherz von Evilprincess im Kindberger Bahnhofsresti, dann das Herz im Schließfach von Bruck, und zwischen den beiden Stationen ein Punker, der Satanas über dem Herzen trägt ..."

„Hart, aber herzlich", prustete Panther.

„So lustig ist das nicht", erwiderte Muj. Ich habe den Knaben auch nicht auf freien Fuß gesetzt, weil ich davon überzeugt wäre, dass er nichts mit dem Fall zu tun hat. Aber ich glaube, er kann uns draußen in freier Wildbahn nützlicher sein als auf Staatskosten im Gemeindekotter."

„Du hast einen Evilprincess-Komplex, mein König", sagte Eisenherz. „Der Junge ist clean, und weil du das im Innersten deiner teergeschwärzten Seele auch weißt, hast du ihn nach Hause geschickt."

„Tja", sagte Muj nachdenklich. „Ich möchte aber dennoch ein paar Vorsichtsmaßnahmen ergreifen. Ich habe angeordnet, dass der Drudenfuß an der Eisenbahnbrücke wieder einmal amtlich gelöscht wird – und ich habe einen Mitarbeiter postiert, der beobachten soll, ob sich dort in den nächsten Tagen etwas tut."

„Der wird sich die Füße in den Bauch stehen", ätzte Panther.

„Mal sehen", sagte Muj. „Und dich, mein Prinz, würde ich bitten, bei deinen nächtlichen Taxiausfahrten ein Auge auf unsere junge Teufelsbrut zu haben."

„Das habe ich doch immer. Vor allem an Samstagen sind sie meine besten Gäste. Sie und die Skinheads. Die einen kommen hauptsächlich vom Gymnasium, die anderen von der Hauptschule. Beides riecht irgendwie stark nach jugendlichem Übermut. Wir waren auch nicht viel anders."

„Wir haben es hier nicht nur mit Übermut zu tun, mein Prinz."

„Ich werde ein wachsames Auge auf sie haben, mein König."

„Ich könnte natürlich auch eine Streife auf sie ansetzen. Aber so ein Streifenwagen, der macht sich, wo immer er herumfährt, verdächtig. Ein Taxi fällt weniger auf."

„Und außerdem bin ich viel besser als jeder Streifenpolizist, mein König."

„Da kann ich dir leider nicht widersprechen, mein Prinz. Ich wollte, es wäre umgekehrt. Das würde mir die Arbeit wesentlich erleichtern."

„Noch ein Glaserl Welsch?", fragte Panther.

„Nein, heute nicht", erwiderte Muj und verschwand hinter der Rillenglastür, die jodgelb im Neonlicht der Bahnhofsbeleuchtung schillerte.

***

Der Spar-Großmarkt in Bruck unterschied sich von Supermärkten in anderen Kreisstädten so gut wie gar nicht, nicht einmal durch den Grundriss. Ähnliches galt für die Fleisch- und Wurstabteilung, in der Leopold Gober gearbeitet hatte. Sie war mit ihrer langen Theke, in der sich die landesweit genormten Wurstsorten stapelten, so auswechselbar wie jede andere Fleisch- und Wurstabteilung in jedem anderen Großmarkt.

Muj stellte sich hinten an, bis er drankam. Er wollte nicht durch Vordrängeln zunächst den Volkszorn und dann durch Vorzeigen seiner „Hundemarke" auch noch öffentliches Aufsehen erregen. Im Gegensatz zu Kindberg kannte in Bruck kaum einer Muj. Dafür kannte in Bruck jedermann den Grätenschleifer, in dessen Revier er sich fast ein wenig wie ein Wilderer vorkam.

„Leberkäse gäb's heute ganz frisch", sagte die junge Frau hinter der Theke freundlich, als Muj endlich drankam. Eigentlich seltsam, dachte Muj, dass sie das extra betonte. Im Grunde sollte in einer Fleisch- und Wurstabteilung doch alles frisch sein, nicht nur der Leberkäse.

„Ich würde gerne den Leiter der Fleischabteilung sprechen", sagte Muj und setzte so leise wie möglich hinzu: „Es geht um den Tod Ihres Kollegen, Kriminalpolizei."

Der freundliche Blick verschwand augenblicklich, und das Gesicht der jungen Frau wirkte wie schockgefrostet.

„Da müssen Sie Herrn Tonninger fragen", sagte sie nach einer Pause, die so lange war, dass in der Schlange hinter Muj schon die ersten Protestrufe hörbar wurden. „Der ist aber gerade beim Mortadellaschneiden."

Muj blickte zur Seite und sah einen etwas über vierzigjährigen Mann mit dicker dunkler Brille, der gerade mit sichtlicher Liebe zum Objekt eine Wurst von der Dicke eines Baumstamms in hauchdünne Scheiben zerfieselte.

„Geht da vorne nix weiter? Wir haben ja unsere Zeit nicht gestohlen", klang es von hinten. Der Protest wurde hörbar heftiger. Die junge Dame fühlte sich sichtlich in die Enge getrieben, da sie ihren Chef nicht stören wollte, aber Muj mangels Bestellung auch nicht bedienen konnte.

Muj tat also, was er eigentlich hatte vermeiden wollen, fischte seinen Ausweis heraus und störte den Mortadella-Zersäbler bei seiner sensiblen Verrichtung. „Herr Tonninger", sagte er so laut, dass dessen Hand vor Schreck von der Schneidemaschine abrutschte.

„Was fällt Ihnen ein, ich hätte mich verletzen können!"

„Ich hoffe doch, Sie arbeiten mit einer entsprechenden Schutzvorrichtung. Aber keine Angst, ich komme nicht vom Arbeitsinspektorat, sondern von der Kriminalpolizei. Darf ich Sie einen Augenblick unter vier Augen sprechen. Es wäre dringend."

„Dann kommen Sie halt nach hinten, aber nur kurz, Sie sehen ja, was heute los ist.“

Muj ging hinter die Theke und folgte Herrn Tonninger in eine kleine Vorbereitungskammer, die weiter in den Kühlraum führte.

„Geht es um ...?“, fragte Tonninger.

„Ja, genau darum geht es.“

„Eine fürchterliche Sache, über die man lange reden könnte. Es ist nur im Moment der denkbar schlechteste Zeitpunkt. Vorgestern waren wir noch zu viert, und dann passierte ... einfach schrecklich, wir haben heute erst davon erfahren ... und dann hat sich am gleichen Tag auch noch die Frau Wokala eine Grippe geholt ... ja, der Herbst ist ein Hund. Man ist immer falsch angezogen. Man schwitzt oder man friert, dazwischen ist nichts. Kein Wunder, dass um diese Zeit die meisten Krankenstände sind.“

„Warum könnte man über diese Sache lange reden, Herr Tonninger? Wissen Sie mehr darüber?“

„Aber nein, ich weiß nicht mehr als jeder andere. Es ist nur – es ist einfach eine Tragödie. Die arme Frau Gober. Jetzt steht sie da mit einem Haus, das noch auf Jahrzehnte nicht abbezahlt ist, zwei erwachsenen Kindern im Studium, die beide nicht fertig werden. Seit der Pleite von Vogel & Noot ist sie auch noch arbeitslos. Und jetzt das. Und wer sollte ihr helfen?“

„Ich habe sie schon besucht. Ich weiß, wovon Sie reden.“

„Ja, sie ist wirklich schwer gebrochen. Dabei war sie so eine liebe Ehefrau. Immer für den Poldi und die Kinder da, und so nett, und erstaunlich gebildet.“

„Und Leopold Gober, was war er für ein Mensch?“

„Fleißig. Sehr fleißig. Sie haben ja selbst gesehen, was draußen los ist, seit er nicht mehr da ist. Die Schlangen werden immer länger. Der Leo war schnell, und mit den Kunden konnte er auch.“

„Hatte er Feinde?“

„Nicht, dass ich wüsste. Hier wurde er von allen geschätzt, vor allem auch von der Chefität in Graz. In jüngster Zeit war er sogar als kommender Filialleiter im Gespräch.“

„Dann hatte er also doch Feinde? Wer für einen Posten in Frage kommt, den auch andere anstreben, der hat immer Feinde.“

„Nein, diesen Posten strebt hier niemand an. Der ist ein Himmelfahrtskommando. Die Leute haben immer weniger Geld, und wir sollen gleichzeitig immer größere Gewinne machen. Der Leo wäre schon unser vierter Filialleiter in nicht einmal zwei Jahren gewesen.“

„Aber mehr verdient hätte er dann ja doch.“

„Ein bissl Schmerzensgeld, das ja. Um das hätte ihn keiner beneidet. Aber ich muss wieder raus. Die Kollegin draußen bekommt sonst einen Nervenzusammenbruch.“

„Eine Frage noch: Könnte es sein, dass Herr Gober Kontakte zu spiritistischen oder satanistischen Zirkeln hatte?“

„Der Leo? Nein, das kann ich mir nicht vorstellen. Ich habe ihn zwar privat nicht so gut gekannt. Wir waren eher Kollegen als Freunde, verstehen Sie? Aber so etwas wäre mir, glaube ich, doch aufgefallen. Man steht ja doch acht Stunden am Tag nebeneinander.“

„Und seine Familie?“

„Was weiß man schon, was in den Hirnen von so jungen Leuten wirklich vorgeht, heutzutage. Aber ich kenne die jungen Gobers beide, sie haben ja auch manchmal mitgeholfen in Stoßzeiten. Der Alex ist jetzt in Bad Gleichenberg auf der Hotelfachschule, und die Desiree studiert in Graz Medizin, allerdings schon im wasweißichwievielten Semester. Der Leo hat sich schon Sorgen gemacht, und die Herlinde natürlich auch. So eine liebe Frau, so nett und auch so musisch. Sie kann sogar Klavier spielen und malt Aquarelle. Früher hat sie auch einmal bei uns in der Wurstabteilung gearbeitet. Doch dann hat sie einen Fortbildungskurs gemacht und einen Job in der Lohnverrechnung von Vogel & Noot bekommen. Auf diese Weise konnten die beiden ihr Haus bauen. Mittlerweile hat sie weder einen Job noch einen Ehemann. Kein Wunder, wenn sie jetzt depressiv ist."

Muj verabschiedete sich.

„Darf ich Ihnen noch was mitgeben?", rief ihm Herr Tonninger nach. „Einen Leberkäse vielleicht, der ist heute ganz frisch!"

Doch Muj war schon hinter der mittlerweile ziemlich aufgebrachten Menschenschlange vor der Theke verschwunden.

***

Frieda Katzenberger hasste es, wenn man sie telefonisch um Erkenntnisse ersuchte, und das womöglich auch noch zackzack. Muj kannte sie lange genug, um zu wissen, dass man von ihr mindestens das Dreifache erfuhr, wenn man sie persönlich aufsuchte. „Ich will einen Menschen sehen, wenn ich mit ihm spreche", pflegte die Kettenraucherin mit dem schlohweißen Haar, das sie wie ein deutsches Jungmädel zu einem wohlsitzenden Knoten geflochten hatte, zu sagen. „Wenn mir jemand nicht in die Augen sieht, weiß ich doch nicht, ob er mich überhaupt verstanden hat."

Muj sah das ganz ähnlich. Um wie viel lieber hätte er mit Laura jeden Abend persönlich gesprochen, anstatt mit ihr zu telefonieren. Andererseits konnte sie ihn mit ihrem Ordnungssinn und ihrer Liebe zu Blumen, die ohnedies bald verdorren würden, ganz schön nerven. Lieber wäre es ihm dennoch gewesen, ihr das, was er ihr sagen wollte, persönlich und nicht über Handyfunkwellen mitzuteilen, die obendrein auch noch, wie Muj zutiefst überzeugt war, die Hirnzellen und das Erbgut schädigten.

Statt vor Laura stand er nun allerdings vor Frau Doktor Frieda Katzenberger, eine ähnlich starke Persönlichkeit wie Laura, nur eben um zwanzig Jahre älter. Sie wirkte, nicht zuletzt durch den Haarknoten, in erster Linie streng, und Muj verstand, dass manche seiner Kollegen das Los darüber entschieden ließen, wer zu „Tante Frieda“ musste. Sie war eine fast immer in Schwarz gekleidete, von ihrer Raucherei einmal abgesehen sehr asketisch wirkende Dame, und sie konnte von gnadenloser sarkastischer Schärfe sein, wenn jemand eine ihrer Meinung nach dumme Frage stellte oder ihre Erkenntnisse, was noch viel schlimmer war, womöglich hinterfragte.

Muj wusste das, und daher stellte er am liebsten keine Fragen, und schon gar nicht stellte er Frau Doktor Katzenbergers zuweilen recht eigenwillige Thesen zu manchen Fällen in Zweifel. Muj glaubte es, um Gegensatz zu anderen Kollegen – und da dachte er keineswegs nur an Grätenschleifer –, nicht nötig zu haben, sein Selbstbewusstsein an anderen aufzupolieren. Sie war die gefürchtete Tante Frieda, und er war der nicht minder gefürchtete Kommissar Muj. Unter diesen Voraussetzungen konnte man sich wahrlich auf gleicher Augenhöhe begegnen.

„Ach, der Herr Bezirksinspektor aus Kindberg“, sagte sie. „Erfreulich, dass Sie sich persönlich aus dem Mürztal hierher bemühen. Hat man Sie gefahren oder nahmen Sie die Bahn?“

Das war einer von jenen Nadelstichen, für die Tante Frieda so berühmt wie berüchtigt war. Denn selbstverständlich wusste sie um Mujs Achillesferse mit dem fehlenden Führerschein. Aber Muj tat das einzig Richtige und reagierte nicht darauf.

„Ich liebe die Südbahn, Frau Doktor."

„Jaja, ich hatte genau das in Erinnerung, Kommissar."

Muj verstand diese Anrede als Versuch einer kleinen Wiedergutmachung des Führerschein-Spotts und lächelte nach innen. Frau Doktor Katzenberger war vielleicht einer der ganz wenigen Menschen, die dieses Lächeln zu erkennen vermochten. Neben Laura natürlich.

„Zigarette?"

„Nein danke, ich rauche nur Virginier."

„Ach ja, wie konnte ich das vergessen? Sie können sich ruhig eine anstecken, wenn Sie möchten. Dies ist zwar ein öffentliches Gebäude, in dem absolutes Rauchverbot herrscht. Aber ab einem gewissen Alter gilt das nicht mehr. Ich halte es da mit dem deutschen Altkanzler Schmidt. Der wird noch rauchen, wenn er unter der Erde liegt. Und ein Friedhof ist immerhin auch ein öffentlicher Ort."

„Danke für das Angebot, aber in einem Krankenhaus akzeptiere ich das Rauchverbot. Außerdem bin ich noch zu wenig alt, um zu den Ausnahmen zu gehören."

„Danke für das Kompliment", sagte Katzenberger mit eiserner Miene.

Muj war die Bemerkung einfach herausgerutscht. Dabei wusste er genau, wie alt Frau Doktor Katzenberger war und welches Problem sie damit hatte. Sie war vierundsechzig und hätte schon längst in Pension gehen können. Doch Tante Frieda war mit ihrem Beruf so verwachsen, dass ihr vermutlich jeglicher Lebenssinn abhanden gekommen wäre, wenn sie ihren Job nicht mehr ausgeübt hätte. Genau das zu verhindern, war ihr bislang immer wieder gelungen. Ob sie freilich die Hürde des bevorstehenden Fünfundsechzigers überspringen konnte, war alles andere als gewiss. Zum einen baute der Staat Planstellen ab, und zum anderen staute sich hinter ihr schon der Nachwuchs, der auch einmal an die vermeintlichen Futtertröge wollte.

„Ich liebe die Südbahn auch, mein lieber Muj", sagte Frieda Katzenberger nachdenklich. „Und wer weiß, vielleicht können wir ja bald miteinander fahren. Wenn man mich pensioniert, wird Bahnfahren das Einzige sein, was mich noch interessiert. Vor allem Triest. Da brauche ich mich nicht groß umzugewöhnen. Diese Stadt ist genauso morbid wie meine mit Formalin behandelten Patienten. Doch nun zu Ihrem Fall. Was möchten Sie wissen, Herr Bezirksinspektor?"

„Sagen Sie mir einfach, was Sie über den Fall Gober denken. Dann erübrigt es sich, Ihnen unnötige Fragen zu stellen, die Ihnen und mir die Zeit stehlen."

„Wie Recht Sie doch haben, Kommissar", antwortete Frieda Katzenberger. Mujs kleine, wohlüberlegte Schmeichelei hatte ihre Wirkung nicht verfehlt.

„Ich werde Sie nicht mit unnötigen Details quälen. Die finden Sie dann ohnedies in meinem Bericht, der Ihnen morgen, spätestens übermorgen zugestellt werden wird. Für Ihre Ermittlungen scheinen mir vor allem drei Dinge von Bedeutung zu sein. Zunächst einmal war der Tote nicht bei Bewusstsein, als er ermordet wurde. Der Täter oder die Täterin hat ihn zuvor mit einer Überdosis Schlaftabletten so stark betäubt, dass er fast schon tot war, als er erstochen wurde."

„Und mit welcher Waffe?"

„Ich komme gleich dazu, Bezirksinspektor", erwiderte Tante Frieda, leicht gereizt.

„Ich höre, ich höre", versuchte Muj einzulenken.

„Dieser Fall hat die Besonderheit, dass es nicht eine, sondern gleich zwei Tatwaffen geben muss. Da ist einmal ein ziemlich langes, äußerst scharfes Messer. Vielleicht eines von diesen weiß der Himmel wie oft gefalteten Klingen aus gehärtetem Damaszenerstahl. Dieses

Messer hat den Brustkorb des Toten nicht nur durchbohrt, nein, es sorgte sogar an seinem Rücken für eine offene Wunde. Der Täter muss den Ermordeten buchstäblich an sein Bett genagelt haben, bevor er dann ...“

Muj hütete sich, die kurze Pause, die sie nun einlegte, dafür zu nutzen nachzufragen, was dann gewesen sei.

Tante Frieda lächelte. Sie musste einmal eine sehr schöne Frau gewesen sein, als sie nicht vierundsechzig, sondern vierundzwanzig gewesen war und den Knoten ihres dichten Haars vielleicht das eine oder andere Mal auch in intimer Zweisamkeit gelöst hatte, dachte Muj.

Frieda Katzenberger nahm unterdessen einen tiefen Lungenzug und fuhr fort. „... bevor er, oder natürlich auch sie, zu einer zweiten Tatwaffe griff, die ich den Metallsplittern zufolge am ehesten als Eisensäge beschreiben würde. Mit dieser Säge hat der Täter dann den Brustkorb und die Rippen fein säuberlich ausgefräst, um dann wiederum mit dem scharfen Messer das Herz von der Aorta abschneiden und aus dem Körper zu heben. Haben Sie das verstanden, Muj?“

„Alles klar, Frau Doktor“, sagte Muj und widerstand eisern der dringenden Versuchung, jetzt noch nach ihrer dritten Erkenntnis zu fragen.

Es war auch nicht nötig.

„Und dann ist da, wie gesagt, noch eine Kleinigkeit, die Sie vielleicht wissen sollten. Mittlerweile haben wir selbstverständlich auch das Herz untersucht, das uns dieser Grätenschleifer aus Bruck an der Mur geschickt hat. Offenbar ein echter Dilettant. Denn eigentlich hätte jedes Kind sehen müssen, dass es sich dabei nicht um das Herz des Toten handeln konnte.“

„Wieso jedes Kind?“, fragte Muj im Affekt.

„Gemach, gemach, Herr Bezirksinspektor. Ich sage es Ihnen ja gleich. Das Herz stammt nicht nur nicht von unserer Leiche, es stammte nicht einmal von einem Menschen. Es handelt sich um ein Kalbsherz. Wenn Sie wollen, kann ich es in Polyethylenglykol konservieren und in einem Gurkenglas für Ihre Sammlung aufbewahren, sobald die Beweisaufnahme erst einmal abgeschlossen ist, Kommissar Muj."

„Woran Sie sich alles erinnern, Frau Doktor", sagte Muj ehrfürchtig – und wusste, dass er nunmehr wohlwollend entlassen war.

Als Muj das gerichtsmedizinische Institut verlassen hatte und wieder draußen auf dem Universitätsplatz in der wirklichen Welt stand, merkte er, dass sein Burberry-Mantel intensiv nach Zigarettenrauch, Formalin und Kölnischwasser roch. Der Geruch von Frau Doktor Katzenberger würde wohl noch länger an ihm haften bleiben.

Muj spazierte die Grazer Herrengasse entlang. Es nieselte. Das Pflaster schimmerte silbrig. Eine grüne Tramway polterte lautstark in Richtung Sackstraße. Muj ärgerte sich, keinen Schirm mitgenommen zu haben, und steuerte, scheinbar ziellos und ohne dass er sich dessen wirklich bewusst war, schnurstracks auf das Café Sacher zu.

Im Normalfall war ihm das Sacher zu teuer, aber nach dem zumindest halben Sieg über Grätenschleifer und dem wirklich ergiebigen Termin mit Frieda Katzenberger war ihm nach einem kleinen Gabelfrühstück zumute.

Nachdem Muj unter der Rokoko-Stuckdecke des Cafés, das noch vor gar nicht so langer Zeit ein Modehaus und noch früher eine Apotheke gewesen war, Platz genommen hatte, warf er einen Blick auf die Speisekarte und stellte fest, dass er hier, wie er befürchtet hatte, keine Flecksuppe bekommen würde. Das war nicht weiter schlimm, denn an Sissys Flecksuppe wäre, so war Muj überzeugt, selbst der beste Koch der Landeshauptstadt nicht herangekommen.

Muj bestellte also ein Beef Tatar und einen Pfiff Bier, und weil ein Pfiff ja so gut wie nichts war, bestellte er für danach gleich eine Sacher-Punschtorte und einen großen Braunen.

Zu Mujs Überraschung brachte der Ober alles zugleich, und Muj musste sich entscheiden, ob er lieber in Kauf nahm, dass das Bier den Schaum verlor oder der Kaffee kalt wurde. Muj entschied sich für eine Mischform, nippte einmal hier, dann da und kostete abwechselnd vom Beef Tatar und der Torte. Beides hätte, hintereinander gegessen, köstlich geschmeckt. Aber Muj wusste, er war selbst schuld. Er hätte in seiner Gier ja nicht alles zugleich ordern müssen.

Nach einer knappen Viertelstunde war das Problem allerdings ohnedies gelöst, weil alles aufgegessen und ausgetrunken war. Vormittägliche Sattheit stellte sich ein, aber das, dachte Muj, war ja der Sinn eines Gabelfrühstücks, zumal eines solchen zwischen den roten Tapeten, den zahllosen autogrammgezierten Promi-Porträts und den sündteuren Thonet-Stühlen eines so noblen Cafés, wie das Sacher in Graz eines war. Für Muj war ja schon das Café Pesl in Kindberg ein eleganter Treffpunkt der lokalen Mürztaler Haute-Volée oder was sich so dafür hielt. Doch das Pesl war er immerhin gewohnt. Beim Sacher beschlich ihn jedoch, was selten vorkam, so etwas wie Ehrfurcht.

Muj beschloss, seine Tochter Camilla anzurufen. Konnte ja sein, dass sie gerade keine Vorlesung hatte. Vielleicht hatte sie aber auch Vorlesung, aber war nicht dort, dachte er und lächelte wieder einmal nach innen.

Camilla hob ab.

„Du musst sicherlich in eine Vorlesung", sagte Muj.

„Weißt du, Papa, das Semester hat noch nicht so richtig begonnen."

„Nicht begonnen? Wir haben Oktober."

„Anfang Oktober. Darum hat es ja auch noch nicht so richtig begonnen."

„Das heißt, du hättest Zeit für einen Kaffee mit deinem alten Vater."

„Eigentlich wollte ich mit einer Freundin – lernen, für Altkirchenslawisch. Altkirchenslawisch ist ein Hund", druckste Camilla herum. Muj glaubte ihr kein Wort. Wahrscheinlich hatte sie ein Date.

„Ich glaube, vom Altkirchenslawischen kann ich dich entbinden. Das braucht man nicht unbedingt."

„Wenn man Slawistik studiert schon, Papa."

„Dann lern halt schön, meine Liebe."

„Andererseits habe ich heute noch nicht gefrühstückt", gab Camilla zu bedenken.

„Dann entscheide dich. Du bist jedenfalls ins Café Sacher auf ein Gabelfrühstück eingeladen."

„Na gut, ich komme."

Camilla hatte die erstaunliche Gabe, Dinge, die man tat, um ihr eine kleine Freude zu bereiten, so umzudrehen, als hätte sie einem selbst eine Gnade erwiesen. Vielleicht hatte sie das ja auch tatsächlich, dachte Muj, wenn sie seinetwegen ein Date absagen musste.

„Ich brauche aber eine halbe Stunde."

„Kein Problem. Ich habe Zeit."

Muj blätterte durch die Zeitungen, die allesamt den Herzerlfresser-Fall durchwegs auf Seite eins brachten. Nur ein Blatt widmete die gesamte Seite eins der Frage, wann auf die Deflation eine Inflation folgen würde, und versteckte einen dürren Bericht mit dem Titel „Erneut Satanskult im Mürztal" im Lokalteil. „Erneut" – das verursachte Muj einmal mehr ein Grummeln im Magen. Denn er wusste genau, was mit diesem „erneut" gemeint war. Und die Journalisten wussten das offenbar auch.

Muj mochte keine Journalisten, sie verdrehten immer alles und plauderten Dinge aus, die besser ungesagt geblieben wären, und erschwerten ihm dadurch die Arbeit. Nur Grätenschleifer mochte er noch weniger. Denn der erschwerte seine Arbeit noch mehr als die Brüder und Schwestern von der Journaille, die heute wieder einmal einen besonders poetischen Tag hatten. „Toter Fleischer verlor sein Herz", lautete eine der Schlagzeilen, „Kindberger Teufel reitet wieder", titelte die Konkurrenz.

Camilla trat ein. Sie erinnerte ihn an Laura, von der sie Haarfarbe und Augenform geerbt hatte. Die streng geschnittene Mundpartie war Mujs eigener Beitrag; er wusste allerdings nicht, ob Camilla ihm dafür wirklich dankbar war. Denn diese Mitgift ließ sie auf den ersten Blick abweisender wirken, als sie tatsächlich war.

„Na, hast du dein Date abgesagt?"

Camilla errötete. „Welches Date denn?", fragte sie leicht genervt.

„Na, das mit dem schönen Altkirchenslawen."

„Was du dir da wieder zusammenreimst, Papa!"

Muj ahnte, dass er mit seinem Verdacht offenbar nicht so weit danebengelegen war.

Camilla wechselte das Thema. „Was machen deine Leichen, Papa?"

„Im Moment ist es nur eine, aber die macht mir ganz schön zu schaffen."

Camilla sah auf die beiden geleerten Teller. „Man sieht, du leidest."

„Das ist eine Dienstfahrt, meine Liebe, kein Urlaub", rechtfertigte sich Muj.

„Wen hat's denn diesmal erwischt. Kenn ich ihn?"

„Kaum. Einen gewissen Leopold Gober aus Bruck."

„Nie gehört, ich kenne nur eine Desiree Gober. Die wohnt in meinem Studentenheim. Bei uns heißt sie nur ‚die schöne Desiree', weil alles, was Hosen trägt, hinter ihr her ist. Ich kenn sie allerdings nur vom Sehen. Sie studiert Medizin."

„Desiree Gober. Bist du dir sicher?"

„Natürlich bin ich mir sicher. Warum?"

„Die Tochter des Ermordeten heißt Desiree, und sie studiert auch Medizin. Sie weiß aber vermutlich noch nichts vom Tod ihres Vaters. Ihre Mutter sagt, sie sei in Italien."

Camilla brauchte lange, um die Nachricht zu verdauen. Muj ließ ihr Zeit. Der Tod, dachte er, bricht nicht so oft in den Studentenalltag ein wie in jenen eines Polizisten.

„Seltsam", sagte Camilla nach einer Weile. „Ich war mir sicher, ich hätte sie heute Morgen noch im Foyer des

Studentenheims gesehen. Sie hat mich nicht bemerkt, zwei Jungs haben mit ihr um die Wette geflirtet."

„War sie aufgeregt?"

„Nein, eher emotionslos. Wenn du heute Eindruck auf Jungs machen willst, musst du cool bleiben, gerade wenn sie dich interessieren."

Der Ober kam vorbei und servierte Mujs leeres Geschirr ab.

„Was darf ich dir denn bestellen, Camilla?"

„Einen Macchiato, wenn's geht – und eine Sachertorte. Mit viel Schlagobers."

Ganz der Papa, dachte Muj. Der Gedanke, dass er seiner Tochter nun dabei zusehen musste, wie sie mutterseelenallein eine Sachertorte mit Schlagobers verzehrte, bereitete ihm, obwohl er wirklich nicht mehr hungrig war, körperliches Unbehagen. Man hat ja nicht umsonst über 120 Kilo, dachte er und sagte kurz entschlossen: „Für mich das Gleiche."

„Papa!", sagte Camilla mit erhobenen Augenbrauen.

„Du musst mich ja nicht bei Mama verpetzen, wenn du sie das nächste Mal anrufst."

Camilla lächelte: „Versprochen."

„Gehst du nachher wieder ins Heim zurück?", fragte Muj.

„Nein, auf die Uni."

„Ich dachte, die ist noch nicht wirklich angelaufen."

„Ich muss auf die Bibliothek."

„Ach ja, Altkirchenslawisch. Ich vergaß."

Camilla errötete abermals. Jetzt war sich Muj sicher, dass sie ihr Date seinetwegen um eine Stunde verschoben hatte.

„Erstaunlich, was man so früh am Morgen alles essen kann", sagte Camilla schnippisch, als er seine Sachertorte in wesentlich kürzerer Zeit verzehrt hatte als sie die ihre.

„Sei froh, dass du die Gene von Mama geerbt hast und nicht die meinen. Bei dir scheint ja überhaupt nichts anzuschlagen."

„Doch, doch. Ich brauch auch bald wieder eine Diät."

„Mit deinen 50 Kilo?"

„47 würden mir besser stehen, glaub mir, Papa."

„Was soll denn da ich sagen?"

„Du hast ja schon eine Frau."

Der Ober servierte ab und sah Muj mit bewunderndem Blick an. „Welche von beiden hat Ihnen denn nun besser geschmeckt", fragte er, „die Sacher-Punschtorte oder die klassische Sachertorte?"

„Die Letztere", brummte Muj, „denn da habt ihr weniger am Schlagobers gespart."

„Noch einen Kaffee der Herr?"

„Ja, aber bitte mit Süßstoff diesmal."

„Selbstverständlich, Herr Doktor."

***

Das Studentenheim der Akademikerhilfe, in dem Camilla wohnte, lag draußen in Maria Trost, in unmittelbarer Nähe des Hilmteichs. Muj überlegte kurz, aus Zeitgründen ein Taxi zu nehmen, doch dann ging er die paar Schritte zum Jakominiplatz vor und setzte sich in die 1er-Tramway.

Es nieselte immer noch, und der Hilmteich lag da wie ein trübes Auge im herbstgrauen Antlitz der Grazer Vorstadt.

„Kann ich Ihnen helfen", sagte eine etwas verhärmt wirkende Dame mit einer karierten Schürze und slowenischem Akzent, die gerade den Boden wienerte. Sie hatte an Mujs etwas ratlosem Blick offenbar sofort erkannt, dass er nicht hierhergehörte.

„Meine Tochter wohnt hier, Camilla Muj."

„Da wissen Sie ja sicher ihre Zimmernummer."

„Natürlich, aber sie lernt gerade mit ihrer Freundin, Desiree Gober. Wo finde ich denn die?“

„Ach, die Desiree. Die wohnt gleich im ersten Stock rechts, wenn Sie die Treppe raufgehen. Zimmer 122.“

Muj traf einige Heimbewohner, die ihn, so hatte er jedenfalls den Eindruck, anstarrten, als sei er ein Wesen von einem anderen Stern. In der Tat kam sich Muj mitten unter den vielen jungen Leuten mit ihren Umhängetaschen wie eine alte Eiche inmitten einer Baumschule vor.

Das Zimmer mit der Nummer 122 war leicht zu finden. Muj klopfte zweimal, aber niemand öffnete. Er drückte die Klinke hinunter und war erstaunt, die Tür offen zu finden.

Muj trat ein und befand sich in einem Zweibettzimmer von der Dimension einer Zwergenwohnung. Eines der beiden Betten war noch unaufgebettet, das andere war picobello gemacht. Auch einer der beiden Schreibtische am Fenster war blitzsauber aufgeräumt, während auf dem anderen ein wirres Durcheinander aus Büchern, Mappen, Halstüchern, Damenwäsche und verstreuten Utensilien aus einem überquellenden Beauty-Case herrschte. Muj versuchte zu erraten, welcher der beiden Tische Desiree Gober gehörte.

„Was wühlen Sie denn hier in meinen Sachen rum?“, vernahm Muj eine Stimme aus dem Hintergrund. Er hatte die zierliche junge Frau, der sie gehörte, nicht hereinkommen sehen. Sie drückte die zwei Dosen Kombucha, die sie sich offenbar vom Getränkeautomaten am Gang geholt hatte, wie einen Schutzschild an ihre Brust.

„Desiree Gober?“

„Desiree ist meine Zimmerkollegin. Was wollen Sie von ihr?“, sagte sie scharf.

„Muj, Bezirksinspektor Muj. Von der Kindberger Kriminalpolizei“, sagte Muj, der sich dabei ziemlich unwohl fühlte. „Sie müssen entschuldigen, dass ich so hereingeplatzt bin."

„Und warum sind Sie dann so hereingeplatzt? – Sie hat doch nichts ausgefressen? Und selbst wenn, haben Sie überhaupt einen Durchsuchungsbefehl?"

Muj fühlte sich noch ein wenig unwohler. „Ein Hausdurchsuchungsbefehl ist nicht nötig. Natürlich hat sie nichts ausgefressen. Ich bin, quasi, ein Freund der Familie. Es geht um eine reine – Familienangelegenheit."

„Ach so", sagte Desirees Zimmergenossin und lockerte den festen Griff, mit dem sie die beiden Energy-Drinks an sich presste. „Aber wenn Sie ein Freund der Familie sind, dann hätten Sie eigentlich wissen müssen, dass ich nicht Desiree bin. Sie ist blond und langbeinig, und ich bin – na, das sehen Sie ja. Also was ist los?"

„Das möchte ich ihr lieber selber sagen."

„Das wird schwer möglich sein. Sie hat ihr Semester noch nicht wirklich begonnen. War nur ein paar Mal sporadisch da, und heute Morgen ist sie schon wieder abgereist."

„Ach ja, ihre Mutter sagte es mir bereits, sie wollte nach Italien."

„Italien? – Nicht, dass ich wüsste. Soviel ich weiß, ist sie heute Vormittag zurück nach Kindberg gefahren."

„Hat sie denn einen Anruf bekommen?

„Wieso – welchen Anruf?"

„Studieren Sie denn auch Medizin, Fräulein?"

„Fräulein sind von der EU abgeschafft. Und warum wollen Sie das überhaupt wissen? – Darf ich einmal Ihren Ausweis sehen?"

Muj fischte seinen Polizeiausweis aus der Sakkotasche. Desirees Zimmerkollegin unterzog den Ausweis einer haargenauen Überprüfung. Wahrscheinlich hatte sie so ein Ding noch nie gesehen, dachte Muj.

„Engelbert Muj“, las sie laut vor. „Sind Sie vielleicht mit der Slawistin aus dem dritten Stock verwandt?“

„Ja“, sagte Muj, hielt es aber für besser, nicht zu sagen, dass er ihr Vater war. Er wollte seiner Tochter schließlich keine Schwierigkeiten im Heim machen.

„Kommt die Camilla nicht auch aus Kindberg? Zumindest erinnere ich mich, dass sie einmal so was gesagt hat.“

„Ja, kommt sie.“

„Kindberg-Tag heute in Graz, was?“

„Hat Desiree etwas darüber erzählt, warum sie heute schon wieder nach Hause wollte? Das Semester hat doch gerade erst begonnen.“

„Ich bin nicht die Vertraute von Desiree, nur ihre Zimmerkollegin.“

„Alles klar“, sagte Muj, während er seine Blicke über den Raum schweifen ließ und auf dem aufgeräumten Schreibtisch ein Foto in einem Rahmen in oszillierendem Pink erblickte. So zeitgeistig der Rahmen, so altmodisch war das Foto darin. Es zeigte eine langmähnige Blondine, die ihn an Françoise Hardy erinnerte. Aber wer, dachte Muj, wusste heute schon noch, wer Françoise Hardy war?

Neben der Blondine auf dem Foto stand ein schlaksiger junger Mann mit modischer Glatze und ziemlich unvorteilhafter Brille. Davor saß Herlinde Gober in steirischer Tracht auf einem Lehnstuhl. Hinter ihr stand, im Steirerjanker und die Rechte auf die Schulter seiner Frau gelegt, ein unscheinbarer Mann mit tiefen Geheimratsecken, einem schmalen Mund und Mausaugen, der, im Gegensatz zu den drei anderen, nicht einmal den Anflug eines Lächelns über die Lippen brachte. So hatte also das Mordopfer ausgesehen, als er noch am Leben war, überlegte Muj. Aber Mordopfer sahen selten wie Opfer aus, Mörder übrigens auch kaum jemals wie Mörder, überlegte er weiter.

„Hat Ihre Kollegin Desiree eigentlich einen Hang zum – Esoterischen?“, fragte Muj, nachdem er seine Blicke wieder von dem Familienporträt abgewandt hatte.

„Was meinen Sie damit?“

„Hexenclubs, Rebirthing, Klangschalen oder so?“

„Muss ja eine ganz schön durchgeknallte Stadt sein, dieses Kindberg. Weiß nicht, was die Desiree so treibt, wenn sie dort ist. Mir ist jedenfalls in dieser Hinsicht nichts aufgefallen. Und wir wohnen schon seit einigen Semestern zusammen.“

„War auch nur so dahingefragt“, versuchte Muj abzuschwächen.

„Desiree hat eher einen Hang zu Medizinstudenten im letzten Semester. Sie ist ziemlich tough und wild entschlossen, sich einen zukünftigen Primarius zu angeln. Wie ich das so sehe, macht sie dabei auch ganz gute Fortschritte. Sie will nicht ewig nur vom Escort-Service leben, sagt sie.“

„Das ist ja dann sehr – schön für sie“, antwortete Muj geistesabwesend. Sein Blick blieb noch einmal an dem Foto in dem seltsamen rosa Rahmen hängen. Sahen eigentlich wie eine ganz normale Familie aus, diese Gobers.

„Sie müssen die Unordnung entschuldigen, Herr Inspektor. Aber wie Sie selbst sagten, ist gerade Semesteranfang. Ich bin eben erst wieder ins Heim eingezogen. In den Ferien werden die Zimmer ja an Touristen vermietet.“

„Kein Problem“, erwiderte Muj. „Ich habe nicht auf Ihre Wäsche geschaut.“

***

Es war schon Nachmittag, als Muj das Heim verließ und mit der Tramway zurück in die Stadt fuhr. Das Nieseln hatte aufgehört, aber das Pflaster am Jakominiplatz glänzte immer noch wie frisch gewischt.

Der Intercity-Express um 18:36, den er nach Kapfenberg nehmen wollte, um von dort im REX die paar Stationen bis Kindberg weiterzufahren, ging erst in guten drei Stunden. Zeit genug also, um zu Fuß durch die Altstadt bis zum Karmeliterplatz zu spazieren und dort noch dem Steiermärkischen Landesarchiv einen Besuch abzustatten, in dem sich nach Auskunft Professor Gehbachers die gesammelten Herzerlfresser-Akten befanden.

Das alte Kloster, in dem das Landesarchiv untergebracht war, verhielt sich zu dem völlig neu und fast ein wenig futuristisch angelegten Karmeliterplatz ebenso wie die barocke Innenarchitektur des Gebäudes zum technischen Equipment des Instituts, das eher wie ein modernes Rechenzentrum wirkte als wie das verschlungene Labyrinth im kafkaesken Stil, das Muj sich erwartet hatte.

Die hennarote Dame am Empfang schaute finster durch eine im selben Rot gehaltene Designerbrille und erwies sich nach anfänglicher Sperrigkeit erst einigermaßen kooperativ, als Muj sich als Polizist ausgewiesen und gewissermaßen um Amtshilfe in Sachen „Herzerlfresser von Kindberg“ ersucht hatte.

„Komisch“, sagte sie. „Jahrelang hat niemand nach den Akten zu diesem Fall gefragt, und in letzter Zeit ist ein echtes G’riss darum. Schon vor einem Monat war eine junge Filmemacherin da, die die Geschichte fürs Fernsehen verfilmen will. Allerdings, sagte sie, wolle sie die Handlung von Kindberg nach Gleisdorf verlegen, wo sie offenbar herstammt. Aber wer nimmt es heutzutage mit der historischen Wahrheit schon so genau. Wer weiß, vielleicht will uns demnächst auch noch jemand weismachen, dass Erzherzog Johann ein Tiroler war.“

„Das wäre schlimm, ja“, antwortete Muj emotionslos. „Und wer hat sich sonst noch erkundigt?“

„Gestern erst hat jemand von der Gemeinde Kindberg angerufen.“

„Ein Herr oder eine Dame?“

„Eine Dame. Aber sie sagte, ein pensionierter Gymnasialprofessor habe sich nach dem Fall erkundigt und sei wirklich gebrochen gewesen, weil in Kindberg selbst so gut wie keine Unterlagen vorrätig waren.“

„Das war Professor Gehbacher, ja“, brummte Muj.

„Warum fragen Sie dann, wenn Sie es ohnedies schon wissen.“

„Hätte ja sein können, dass noch jemand angerufen hat. Ein Herr Grätenschleifer möglicherweise?“

„Nein, diesen Namen hätte ich mir gemerkt, so scharf, wie er klingt.“

Muj lächelte einmal mehr nach innen. „Sonst noch jemand, der gefragt hat?“

„Ja, eine Journalistin. Zumindest hat sie sich als solche ausgegeben. Ich weiß aber nicht mehr, wie sie geheißen hat. Ich habe sie auf unser Internet-Portal verwiesen. Die Herren und Damen von der Presse müssen sich allmählich daran gewöhnen, dass wir hier nicht ihre Arbeit machen.“

„Wie Recht Sie doch haben“, stimmte Muj ihr zu. „Aber ich hoffe, dass das nicht auch für Polizisten gilt.“

„Sie meinen, ich soll die Unterlagen für Sie ausheben? Dafür gibt es normalerweise einen Dienstweg. Sie machen heute eine Eingabe und morgen bekommen Sie Akteneinsicht.“

„Morgen bin ich aber schon wieder in Kindberg. Ich bin extra nach Graz gekommen.“

„Was ist denn eigentlich los mit diesem Herzerlfresser? Scheint ja fast so zu sein, als sei er plötzlich wiederauferstanden?“

„Da könnten Sie freilich Recht haben“, sagte Muj nachdenklich. „Aber genau um das herauszubekommen, bin ich hier.“

Die rothaarige Dame aus dem Archiv schien darauf nicht wirklich zu reagieren. Muj trommelte nervös mit seinen Fingerknöcheln auf der Schreibtischplatte herum und bedauerte, dass er die Virginier, die er sich auf dem Weg vom Jakomini- zum Karmeliterplatz angezündet hatte, hier nicht erneut entflammen konnte.

„Na gut, weil Sie ein Kindberger sind, Herr ..."

„... Bezirksinspektor, ganz schlicht. Oder einfach Herr Muj."

„Na gut, Herr Muj. Dann werde ich den Ordner für Sie holen gehen. Ich komme nämlich auch aus dem Mürztal, aber von weiter oben, aus Mürzsteg."

„Nachbarin des HBP, was?"

„Besser eine Bundespräsidentenvilla in der Nachbarschaft als eine Herzerlfresserhöhle, oder?"

„Sie sind ja in den Fall eingelesen. Jetzt bin ich aber baff."

Die hennarote Archivarin reagierte nicht. Sie verschwand hinter einer Schwingtür und hatte die Unterlagen zu Mujs großer Überraschung binnen weniger Minuten bei der Hand.

„Sie sind aber fix."

„Die Filmemacherin hat über eine Stunde warten müssen."

„Aber jetzt wissen sie ja, wo die Unterlagen sind."

„Das wusste ich damals auch. Aber Gleisdorf?"

„Gottlob gibt's noch so etwas wie Lokalpatriotismus", sagte Muj und zog sich mit dem Ordner an einen der Lesetische zurück. Er vertiefte sich zunächst in das Studium des Originalberichtes aus dem Jahr 1786, der – in verschnörkelter Frakturschrift – einen recht umständlichen Titel trug: „Verbrechen und Strafe des berüchtigten Mädchenmörders und Herzenfressers Paul R***, welcher den 4.5. und 6.d.M. July bey dem Landgerichte Wieden unweit Bruck an der Muhr in Obersteyermark abgeurtheilt worden ist."

Hinter den drei Sternen, so fand Muj heraus, verbarg sich ein alter Bauernknecht namens Paul Reininger aus Aflenz, der als sechsfacher Mädchenmörder überführt worden war und die Herzen zweier seiner Mordopfer verzehrt hatte, um „glücklich im Spielen zu seyn und, mehr noch, sich dadurch unsichtbar zu machen."

An schaurigen Details aller sechs Morde, die während eines Zeitraums von sieben Jahren geschehen waren, fehlte es nicht. Seinen ersten Mord hatte Reininger, der vorzugsweise an Fronleichnams- und anderen Feiertagen zuschlug, an einer Freundin begangen, von der er fürchtete, sie könnte schwanger sein, weshalb er sie in den Wald lockte und ihr mit dem Messer den Hals durchstach. Das zweite Opfer war eine Näherin, die Reininger erwürgte, um ihr ihre Ersparnisse im Gegenwert eines einzigen Guldens zu rauben.

Während diese beiden ersten Verbrechen bei aller Abscheulichkeit noch keinerlei Spuren eines Ritualmords trugen, wurde Reininger beim dritten Mord erstmals seinem schaurigen Spitznamen „Herzerlfresser" gerecht. Das Opfer war ein achtjähriges Mädchen aus Kindberg, das Schafe und einen Ziegenbock hütete. Ursprünglich, so stand es zumindest in den Vernehmungsakten, wollte Reininger nur den Ziegenbock stehlen, um sich aus dessen Haut eine neue Hose anfertigen zu lassen. Als das Mädchen ihn dabei jedoch ertappte, tötete er nicht nur den Ziegenbock, sondern auch das Mädchen selbst, schlitzte ihr den Körper auf und riss ihr das Herz aus dem Leib. Davon aß er die eine Hälfte und bewahrte die andere in einer Truhe als Erinnerung auf. Die sterblichen Überreste des Mädchens und des Bocks, den er zuvor enthäutet hatte, vergrub er im Wald.

Das vierte Opfer Reiningers war eine geistig behinderte fünfzigjährige Bauernmagd, die er wegen 45 Kreuzern tötete, bevor er – nur fünf Tage später – nach einer Hochzeit im nahen Turnau einer Siebzehnjährigen im

Wald auflauerte, die ihn zuvor abgewiesen hatte, und diese ebenfalls durch einen Halsstich ermordete.

Seine letzte und durch das Gedicht am Herzerlfressermarterl verewigte Tat verübte Paul Reininger am 15. Jänner 1786. Er hatte zuvor gespielt, in einem Kindberger Wirtshaus sechs Halbe Wein getrunken und einen Taler verloren. Am Heimweg traf er ein Mädchen, das in einer Schachtel ein Kränzchen trug, weshalb Reininger sie fragte, ob sie denn schon Braut sei. Sie gab aber keine Antwort, was ihn in eine solche Aufregung versetzte, dass er ihr den Hals mit seinem Messer durchstieß, die Leiche entkleidete, ihr Kopf und Gliedmassen abschnitt, Rippen zermalmte und das noch zuckende Herz aus dem Körper buchstäblich herausoperierte. Danach versteckte er die Leichenteile an verschiedenen Plätzen im Wald und nahm das Gewand und das Kränzlein für seine Truhe mit, in der auch schon andere Souvenirs seiner Taten lagen, darunter auch das halbe Herz der kleinen Schafhirtin. Außerdem hatte Reininger bei diesem Mord einen Gulden und 45 Kreuzer erbeutet.

Die Brutalität dieser Taten setzte sich in jener des Urteils fort, das das Landgericht zu Wieden bei Kapfenberg fällte, nachdem Reininger, eher durch einen Zufall als infolge sorgfältiger Nachforschungen, gefasst wurde. Dem Delinquenten sollten zunächst mit glühenden Zangen die Brustwarzen abgezwickt und danach aus seinem Rücken Riemen geschnitten werden, bevor sein Körper „von unten hinauf" gerädert und danach an einem „Galgen mit herabhängendem Strang" aufgehängt werden sollte.

Das nahende Licht der Aufklärung bescherte Reininger dann allerdings eine Begnadigung durch Seine Apostolische Majestät Kaiser Josef II., die das Urteil auf eine öffentliche Brandmarkung auf beiden Wangen und eine Körperstrafe von an drei aufeinander folgenden Tagen zu verabreichenden dreihundert Stockhieben reduzierte. Danach sollte der Verurteilte in einem Gefängnis auf den Kasematten des Grazer Schlossbergs angeschmiedet und bei Wasser und Brot gehalten werden. Alle Vierteljahre würden dann bis ans Ende seines Lebens weitere fünfzig Stockhiebe seiner harren.

Dieses Urteil wurde nicht, wie üblich, von den Gerichtsdienern, sondern vom Scharfrichter selbst vollstreckt, der alleine am ersten Tag an Reininger vierzehn Stöcke abschlug, während ein Geistlicher bereitstand, um im Falle eines Ablebens des Delinquenten diesem den letzten Trost zu spenden. Erstaunlicherweise überlebte Reininger die Tortur, verstarb aber wenige Monate später in seinem Verlies am Grazer Schlossberg.

Nach einer guten Stunde hatte Muj alle Unterlagen mit gemischten Gefühlen, die ihm ein Wechselbad zwischen Spannung und tiefer Erschütterung bescherten, gelesen. Dann legte er den Papierstoß mit einem Seufzer zur Seite. Das ganze Konvolut wartete außer mit viel Blut kaum mit Anknüpfungspunkten zu seinem aktuellen Fall auf. Dieser Paul Reininger war zweifellos ein irrer Gewaltverbrecher, dessen Intelligenzquotient vermutlich knapp an der Grenze zur Debilität gelegen und der daher auch, wie viele in seiner Zeit, für abergläubischen Hokuspokus aller Art besonders anfällig gewesen war. Mujs These, dass Evilprincess eine späte Nachfolgerin jener armen Geschöpfe aus dem achtzehnten Jahrhundert war, die dieser Paul Reininger so bestialisch hingemetzelt hatte, und dass die Leiche ohne Herz damit in einem Zusammenhang stand, ließ sich aufgrund dieser alten Schauergeschichten jedenfalls nicht ernstlich belegen. Die Hoffnung, von Paul Reininger würde eine Spur zu Evilprincess führen, glimmte kaum noch. Vor allem, seit Muj in einem der Zeitungsartikel gelesen hatte, dass der Herzerlfresser die nach ihm benannte Höhle niemals betreten können hatte, da sie im Zuge des Kindberger Granitabbaus entstanden war, der erst einige Jahrzehnte nach Reiningers Tod eingesetzt hatte.

Muj gab die Unterlagen wieder zurück, verabschiedete sich freundlich von der hennaroten Dame aus Mürzsteg und verließ das Archiv am Karmeliterplatz, das am Fuße des Grazer Schlossbergs lag. Dort oben, dachte Muj nicht ohne ein gewisses Schaudern, waren noch die Überreste jener Kasematten zu besichtigen, in denen Reininger sein verdientes Ende gefunden hatte, das freilich nicht weniger grausam als seine eigenen Bluttaten war.

Wenigstens etwas, dachte Muj, der nicht wirklich an die Besserungsfähigkeit des Menschengeschlechtes glaubte, hat sich seither geändert.

Charly Pichler hatte seine Dienstmaschine am Mistplatz hinter dem Kindberger Friedhof geparkt und es vorgezogen, die letzten hundert Meter bis zur Brücke zu Fuß zurückzulegen. Die Kindberger Herbstnächte begannen allmählich kühl zu werden, und Charly fror in der feuchten Kälte trotz des flauschigen Innenpelzes seiner Dienstjacke. Vom fast schon vollen Mond her senkten sich allmählich Nebelschwaden über das Mürztal herab und ließen seine anfangs noch metallisch glänzende Scheibe verblassen. Schon nach einer Weile war statt des zuerst noch sternenklaren Nachthimmels nur noch eine schwarzgraue Suppe zu sehen, durch die das Licht einer vereinsamten Straßenlaterne milchige Neonschlieren zog.

Es war kurz nach Mitternacht, und Charly verfluchte Muj für den Job, den er ihm nunmehr schon in der zweiten Nachtschicht verpasst hatte. Charly hatte seinen Lauschposten in einem der Schrebergärten unter der Autobahnbrücke hinter einem Holzgatter zwischen zwei Brennholzstapeln bezogen. Vom nassen Erdboden stieg es ihm kalt die Hosenröhren hinauf.

Vorne bei der Knochensiedlung bog ein dunkelblauer Peugeot um die Ecke der Friedhofsmauer und fuhr diese langsam entlang, bis sie neben dem Stadel des Ziegenbauern in den Friedauweg einmündete.

Charly Pichler erkannte den Wagen, obwohl das Taxischild nicht leuchtete, sofort. Aber er hatte keine Lust, mit Eisenherz zu reden, und duckte sich daher hinter das Gatter. Der Peugeot rollte im Schrittempo an den Schrebergärten vorbei und blieb unmittelbar vor den Brennholzstapeln stehen.

Eisenherz ließ das Seitenfenster hinuntergleiten. „Hey Charly!“, rief er. „Für einen CIA-Agenten müsstest du noch ein bisschen lernen, aber als Gendarm von Kindberg gehst du schon durch."

„Gendarmen gibt's keine mehr", erwiderte Charly, der hinter dem Gatter auftauchte.

„Ich weiß, ich weiß. Aber ich bin ein freundlicher Mensch und wollte nicht Kindberger Bulle sagen."

„Schon einmal was von Amtsehrenbeleidigung gehört?"

„Genauso abgeschafft wie die Gendarmerie."

Charly zeigte Eisenherz den Stinkefinger.

„Willst dich zur Versöhnung ein bisschen zu mir ins Taxi setzen? Du bibberst ja vor Kälte."

„Das ist ein Angebot. Aber nicht, dass du mir einstweilen den Taxameter einschaltest ..."

„Was du für eine Meinung von mir hast. Los, hock dich schon rein und wärm dich auf. Ich lass den Motor laufen. Nachtstreife ist scheiße, gell?"

„Vor allem, wenn man mit so einem verblödeten Auftrag unterwegs ist wie ich. Jetzt steh ich mir schon die zweite Nacht die Füße in den Bauch, nur weil der alte Muj glaubt, dass er hier unter der Brücke endlich seinen Evilprincess-Komplex beerdigen kann. Dabei hätte er nur den kleinen Satanisten hops nehmen müssen, den er schon hinter Schloss und Riegel hatte. Und was tut er? Er lässt ihn frei."

„Ja, die Wege meines Königs sind oft unergründlich", stimmte ihm Prinz Eisenherz mit einem verschmitzten Lächeln unter seinem Schnurrbart zu. „Aber das haben Könige öfter so an sich."

„Ihr mit eurem kindischen Spiel!", sagte Charly.

„Pscht!", sagte Eisenherz und legte den Finger an den Mund. Vom Friedhof her ertönte das Geräusch eines herannahenden Motorrades. Eisenherz stieg aufs Gas und fuhr unter der Autobahnbrücke hindurch ein kurzes Stück in Richtung Schloss Friedau, wo er in eine Unterführung unterm Bahndamm einbog. Von hier aus konnten sie bequem beobachten, was sich an der Autobahnbrücke zutrug, ohne dabei selbst gesehen zu werden.

„Hey, willst du mich daran hindern, meiner Amtspflicht nachzukommen, oder was ist los?“, fragte Charly.

„Im Gegenteil. Ich möchte dich in die Lage versetzen, genau das zu tun“, erwiderte Eisenherz. „Hast du einen Feldstecher dabei?“

„Klar. Ich bin ja als Beobachtungsposten abkommandiert.“

„Dann beobachte mal, was sich da tut.“

Charly schaute durch den Feldstecher auf die vom matten Neonlicht der Straßenbeleuchtung nur schwach aufgehellte Brücke. Das von der Knochensiedlung herkommende Moped hatte mittlerweile die Friedhofsmauer passiert und war an der Brücke angelangt.

„Da haben wir ja ihn ja wieder, unseren Kunden“, sagte Charly erfreut. „Habe ich mir die Füße doch nicht umsonst in den Bauch gestanden.“

„Welchen Kunden?“

„Na den, den Muj wieder auf freien Fuß gesetzt hat, obwohl ihn die Brucker Kollegen schon eingebuchtet hatten. Weiß nicht, was in ihn gefahren ist. Wird halt auch allmählich alt. Außerdem raucht und trinkt er zu viel.“

„Abwarten! Aber lass erst einmal sehen“, sagte Eisenherz und nahm Charly Pichler etwas brüsk den Feldstecher aus der Hand.

„Das ist ja Clown!“, rief Eisenherz, noch bevor Charly protestieren konnte.

„Was weiß ich, wie er heißt. Für mich sehen diese Vögel mit ihren Nasenringen und ihren bunt lackierten Haaren alle gleich aus.“

„Wenn man sie näher kennt, gibt’s schon Unterschiede, glaube mir“, sagte Eisenherz. „Das ist wie bei den Chinesen.“

„Und du kennst sie näher."

„Sind ja oft genug meine Kunden. Zumindest dann, wenn sie besoffen oder high sind und nicht mehr aufs Motorrad steigen können. Dann kommt der gute alte Prinz Eisenherz und klaubt sie auf. Schau her, da kommt noch einer."

Charly riss Eisenherz mit einem groben Ruck den Feldstecher wieder aus der Hand und schaute hindurch.

„Wo? – Ich seh nichts."

„Falsche Richtung, Charly! Schau lieber in den Rückspiegel."

Tatsächlich näherte sich von Schloss Friedau her eine ausgesprochen eindrucksvolle Karosse auf zwei Rädern, die verbotenerweise über die hölzerne Mürzbrücke preschte und an der Unterführung, in der Eisenherz seinen Peugeot geparkt hatte, vorbeizischte.

„He, he!", rief Charly entrüstet. „Ich könnte den Jungen allein schon deshalb drankriegen, weil er über die Fußgängerbrücke gefahren ist, und das auch noch mit wesentlich überhöhter Geschwindigkeit."

„Das wird Muj bei seinen Ermittlungen allerdings nicht besonders weiterhelfen. Der hat nichts davon, wenn du dem kleinen Punk einen Strafzettel verpasst. Aber schau einmal, was unser anderer Freund da inzwischen treibt."

Clown stand mit einem kleinen Farbkübel vor der Stahlbetonmauer und machte sich offensichtlich daran, mit geschwungenem Pinsel ein neues Kunstwerk zu schaffen.

„Das Schwein malt das Pentagramm neu, das wir gerade amtlich gelöscht haben. Jetzt greif ich ihn mir aber! Los, fahr mich zurück!"

„Lass dir Zeit Charly, ruhig Blut. Wart doch erst einmal ab, was da noch kommt."

„Du sollst losfahren", zischte Charly nun schon ziemlich heftig. „Du bist dir hoffentlich bewusst, dass du gerade eine Amtshandlung behinderst."

Der zweite Motorradfahrer war mittlerweile unter der Autobahnbrücke angelangt und von seinem Feuerstuhl heruntergestiegen. Zwischen den beiden schien sich, soweit man das aus der Entfernung beobachten konnte, eine ernsthafte Auseinandersetzung anzubahnen. Sie begann mit ein paar Puffern und endete damit, dass der Neuankömmling Clown seinen Farbkübel mit solcher Wucht aus der Hand schlug, dass dieser dabei zu Boden ging. Dann schwang er sich wieder auf seine Maschine und startete los.

„Pass auf, was wir jetzt machen", sagte Eisenherz, während er schnell aufs Gas trat und in einem fahrtechnischen Bravourstück aus dem Stand reversierte. „Wo stehst du?"

„Ich habe meine KTM am Mistplatz gleich hinter dem Friedhof abgestellt."

„Dann saus ich da jetzt unter der Brücke durch, lass dich am Friedhof raus und verfolge den Lederjack auf seinem heißen Ofen. Du kümmerst dich unterdessen um Clown, okay?"

Bevor Charly noch antworten konnte, war Eisenherz auch schon losgeprescht und raste an Clown vorbei, der mit ausgestreckten Beinen an der Betonmauer lehnte. Eisenherz ließ Charly an der Müllhalde hinter dem Friedhof aussteigen und nahm die Verfolgung des Motorradfahrers auf, der gerade vorne an der Friedhofsmauer um die Ecke bog. Eisenherz nahm die Abkürzung über den Angerweg entlang der Mürz und war binnen zwei Minuten am Taxistandplatz unter dem weltberühmten Kindberger Zunftbaum angelangt, wo er sein Taxischild einschaltete und so tat, als sei er immer schon dagestanden.

***

Charly Pichler hegte Rachegedanken. Eisenherz hatte ihn wie einen Schuljungen und nicht als Respektsperson behandelt, wie es seinem Beruf und seinem – wenngleich für einen Vierunddreißigjährigen noch eher niedrigen – Rang entsprach. Doch das Gebot der Stunde ließ es nicht zu, solchen Rachegedanken zu frönen, und Charly verschob die Pläne, wie er es Eisenherz heimzahlen konnte, auf einen späteren Zeitpunkt.

Er warf seine Dienstmaschine an und fuhr langsam die knappen hundert Meter bis zur Autobahnbrücke, um den dummen kleinen Teufelsbraten, den der Taxifahrer Clown genannt hatte, dorthin zu retournieren, wo er seiner Meinung nach von Anfang hingehört hätte: nämlich in den Gemeindekotter, der mittlerweile „Verwahrungsraum" hieß, mit dem guten alten Kotter jedoch nach wie vor die schwedischen Gardinen gemeinsam hatte.

Während Charly Pichler auf die Brücke zufuhr, forderte er sicherheitshalber Verstärkung an. Diese Satanskinder waren unberechenbar, und Charly hatte absolut keine Lust, sich kurz vor Ende seines Dienstes neben der Unterkühlung auch noch ein paar Schrammen von einem womöglich wild um sich schlagenden Clown einzufangen.

Die Funkstreife, die nach eigenen Angaben gerade durch Kindbergdörfl patrouillierte, würde in ein paar Minuten eintreffen. Charly Pichler stellte seine Maschine vor jenem Holzstoß ab, der ihm zuerst als Versteck gedient hatte, und näherte sich schlendernd dem Corpus Delicti, der nach ihrer amtlichen Reinigung schon wieder mit knallroter Farbe beschmierten Betonwand.

Auf dieser grauen, unwirtlichen Wand, auf die es von der Brücke herab beständig tröpfelte, befand sich zu Charlys großer Überraschung jedoch kein neues Pentagramm, sondern lediglich ein großes M, das allerdings nur unvollständig ausgeführt war.

Oben auf dem Schienenstrang über der Böschung rumpelte ein ebenso langer wie rabenschwarzer Güterzug in Richtung Mürzzuschlag vorbei. Charly Pichler stieg in den seichten Graben neben dem Friedauweg hinab, um den kleinen Punker aufzusammeln, fand aber nur ein umgefallenes Moped, das von der Lenkstange bis zum Rückenlicht mit roter Farbe bespritzt war. Der Clown war nicht mehr da.

Die Streife, die Charly gerufen hatte, bog gerade von der Knochensiedlung her in Richtung Friedauweg ein und fuhr die Friedhofsmauer entlang. Das angefangene M leuchtete im Licht der aufgeblendeten Scheinwerfer rot wie Blut. M wie Mörder, dachte Charly. Es würde nicht ganz leicht sein, seinen Kollegen zu erklären, warum er sie eigentlich herbeigerufen hatte.

***

Prinz Eisenherz lutschte an einem Pfefferminzbonbon und hoffte, dass in den nächsten Minuten keiner in sein Taxi einsteigen würde. Das hätte ihm zwar ein paar Euro eingebracht, aber gleichzeitig alle seine Pläne zunichte gemacht, Muj bei der Fahndung nach besten Kräften zu unterstützen.

Die Gefahr, dass jemand zusteigen würde, hielt sich allerdings in Grenzen. Der Kindberger Stadtplatz war nach Mitternacht menschenleer, nur im Café Little Europe schimmerten noch ein paar Lichter.

Genau auf diese fuhr der junge Mann in Lederkluft und Punkfrisur jetzt zu, auch wenn er die Geschwindigkeit seiner im Licht der Zunftbaumlaternen düster schimmernden Harley mittlerweile wesentlich reduziert hatte. Nachdem er den heißen Ofen direkt vor der Eingangstür des Little Europe ausgedämpft hatte, stellte er die Maschine auf dem Kopfsteinpflaster ab und verschwand im Lokal.

Von der anderen Seite des Platzes, aus dem in einem Kellerlokal untergebrachten Pub Filou, das um diese Zeit auch noch geöffnet war, torkelte ein alter Mann, der allem Anschein nach in die Kindberger Seniorenresidenz gehörte, aber in die falsche Richtung wankte, auf das Taxi von Eisenherz zu.

Eisenherz, im Grunde seines Herzens bekennender Agnostiker, schickte ein Stoßgebet zum Himmel: „Lieber Gott, falls es dich entgegen aller Logik doch geben sollte, bitte, lass ihn nicht einsteigen!"

Der liebe Gott schien ein Einsehen zu haben und ließ den Mann am Taxi von Eisenherz vorbeitorkeln, bis er in seinem Dusel direkt mit dem weltberühmten Zunftbaum zusammenstieß. Der Zunftbaum war standfester. Der Mann wankte, fiel aber nicht zu Boden, sondern machte auf dem Schuhabsatz kehrt.

„Wenigstens schlottert er jetzt in die richtige Richtung", dachte Prinz Eisenherz.

Mittlerweile war etwas Bewegung in den Eingangsbereich des Café Little Europe gekommen. Die Sperrstunde spuckte gleich eine ganze Traube von jungen Leuten aus, darunter auch Lederjack, der seinen Arm nunmehr um eine Lederlady mit einem gemischt getünchten Haarschopf aus Lila und Pink gelegt hatte.

Die Wahrscheinlichkeit, dass sich einer von dem runden Dutzend Gästen, die das Little Europe verließen, in sein Taxi setzen würde, schien Eisenherz zu groß, und so schaltete er das Taxischild aus, legte den ersten Gang ein und ließ seinen Peugeot im Schritttempo in Richtung Little Europe rollen. So konnte er jedem, der an sein Fenster klopfen würde, getrost ein abweisendes „Schon bestellt" zuraunen und dabei Lederjack beobachten, ohne dabei weiter aufzufallen.

Der schmuste mit Lederlady heftig herum, bevor er sie wie eine Schlangenfrau auf den Sozius hob, ihren bunt schillernden Schopf unter einem Helm vergrub und den Motor aufheulen ließ. Nach einer Ehrenrunde um den Stadtplatz bogen die beiden unter dem großen Barocktor in die Kindberger Schlossallee ein und rasten mit beachtlichem Tempo in die Finsternis.

Eisenherz folgte ihnen gemächlich. Er wusste, dass er die beiden nicht aus dem Blickfeld verlieren konnte. Die Schlossallee führte nur in eine einzige Richtung. Und wenn man sie entlangfuhr, so kam man, ob man es nun wollte oder nicht, unmittelbar am Herzerlfresserweg vorbei.

***

Panther Fürnschitz überlegte, ob er allmählich die Sperrstunde einläuten sollte oder nicht. Das Bahnhofsresti war immer noch gefüllt genug, um in der eben erst begonnenen Nacht noch ein paar Bier und den einen oder anderen Lärcherlschnaps weiterzubringen. Die Handvoll Dartsfreunde, die um diese Zeit noch seine Gäste waren, hatten zwar wenig zu feiern, weil kaum noch einer freihändig ins Auge des Bullen traf, dafür waren sie umso trinkwilliger. Drüben im Internet-Café hockten zwei Skinheads am Computer, die ein Computerspiel spielten, über dessen Inhalt Panther lieber nicht so genau Bescheid wissen wollte. Aber Gast war Gast, und solange er seine Drinks zahlte, fragte Panther nicht lange nach, mit welchem Teufel er gerade im Bunde stand.

Andererseits war Panther müde. Er war schon in aller Herrgottsfrühe beim Großhändler in Graz gewesen, um sich mit Nachschub an Putzmitteln, Frankfurtern, Dosensuppen, Gefriersemmeln und harten Getränken zu versorgen. Sehr viel mehr Gastronomiebedarf hatte er nicht. Die Zeiten, in denen Panther noch jeden Tag selbst ein paar Gerichte frisch gekocht hatte, gehörten längst der Vergangenheit an. Die Leute, so hatte er leidvoll in Erfahrung gebracht, aßen lieber billig und schlecht als gut und teuer. Und überhaupt zog es seine Klientel ohnedies vor, immer weniger zu essen und stattdessen noch etwas mehr zu trinken.

Panther rechnete überschlagsmäßig zusammen, was die Nacht noch bringen konnte. Die Dartsrunde war sicher noch für sechs Bier und ein paar doppelte Lärcherln gut. Die zwei glatzköpfigen deutschen Recken am PC würden wohl kaum noch mehr als zwei, drei Weizenbiere vertragen, bevor sie dann vermutlich für längere Zeit in der Toilette verschwinden würden. Der Umsatz, der sich daraus ergab, brachte einen Stundenlohn von gerade einem zerknetschten Euro für ihn ein. Dafür lohnte es sich wahrlich nicht, auf zwei oder womöglich gar drei Stunden des dringend benötigten Schlafs zu verzichten.

„Langsam austrinken, die Herrschaften. Sperrstunde ist!“, rief Panther lauthals durch das Gastzimmer, sodass man es auch im Nebenraum des Internet-Cafés hören können musste. Doch seine Aufforderung verhallte ergebnislos, und Panther beschloss, sie in zehn Minuten noch einmal zu wiederholen, aber dafür wenigstens den Schlüssel in der Rillenglastür umzudrehen, damit sich zu dieser späten Stunde nicht womöglich noch neue Gäste hereinverirrten.

Als er diesen Gedanken gerade in die Tat umsetzen wollte, ging die Tür auf und ein blutüberströmter Clown stand im Türrahmen.

„Braucht's euch nicht fürchten“, sagte er. „Das ist alles rote Farb. Nur das Blut aus der Nasen, das ist echt. Darf ich mich waschen gehen?“

„Klar“, sagte Panther. „Aber da wirst Wundbenzin brauchen. Gott sei Dank hab ich heute in der Früh in der Apotheke frisches für mein Rotkreuzkastl besorgt. Gestern um die Zeit wär's aus gewesen.“

„Kann ich auch ein Cola-Rot haben? Sonst trink ich womöglich noch Benzin.“

Panther goss dem Jungen ein Glas ein, in das er viel mehr Cola als Rotwein gab. Nicht aus Sparsamkeit, sondern weil er es zum gegenwärtigen Zeitpunkt für vernünftiger hielt.

***

Prinz Eisenherz fuhr zum Kindberger Schloss hinauf, hinter dem sich die Wälder zur Hohen Veitsch hin wie ein bodenloses schwarzes Loch verfinsterten. Am Eingang in den Hohlweg zum Herzerlfressermarterl blieb er stehen. Er schaltete das Fernlicht ein und durchsuchte die dunkle Pforte zum Töllmarkogel wie mit Röntgenaugen.

Zu seiner Überraschung fand Eisenherz – nichts. Morsches Geäst, Unterholz und Sturmschäden, mehr nicht. Er trat aufs Gas und fuhr recht forsch weiter in Richtung Herzogberg. Nichts anderes, dachte er, hätte auch Lederjack mit seiner Gespielin tun können, und irgendwo, an einer Kreuzung oder am Eingang in einen anderen Hohlweg, würde er die Harley Davidson stehen sehen.

Nur einen knappen Kilometer weiter fand Eisenherz den heißen Ofen, dem er nachgejagt war, an eine Buche gelehnt stehen. Er machte eine Schnellbremsung, stieg aus und folgte dem Pfad durch den Wald. Dass er sich dabei trotz der Dunkelheit ziemlich trittsicher fortbewegte, verdankte Eisenherz nicht seiner Intuition, sondern der Tatsache, dass er diesen Weg mit Splinta, der wilden Wölfin, schon oft genug zurückgelegt hatte, wenngleich die beiden stets in die andere Richtung liefen. Er joggte hier fast täglich vorbei, wenn er den Herzerlfresserweg steil aufwärts lief und dann über die Herzerlfresserhöhle wieder zurück auf die Fahrstraße trabte.

Die Höhle des Herzerlfressers, genau. Eisenherz ließ sich dieses Wort auf der Zunge zergehen. Die Höhle, das war die Lösung.

Die Herzerlfresserhöhle war nicht allzu weit von der Straße entfernt, und Eisenherz hätte, selbst wenn er den Weg nicht gekannt hätte, nur dem Geräusch zu folgen brauchen, das ihn in seinen Bann zog, als würden in der Ferne Feen und Elfen einen rhythmisch akzentuierten Nachtgesang anstimmen. Er folgte dem Stakkato der hinter den Bäumen wild dahinströmenden Rhythmen. Allmählich wurden die Stimmen lauter und entpuppten sich als ekstatisch girrende Töne, die sich an den Felsen brachen und wie ein vielstimmiges Echo im Wald verhallten, bis der nächste Einsatz folgte.

Eisenherz kam diesem Konzert, das zunehmend mehr lustvolle Spitzentöne produzierte, mit jedem Schritt näher. Und es dauerte nicht lange, bis er unmittelbar vor der Herzerlfresserhöhle stand, aus der abwechselnd ein spitzes, sich überschlagendes Glucksen und danach ein lange währendes, entspanntes Stöhnen hallte.

Die beiden schnackselten wie die Weltmeister, dachte Eisenherz, und er bedauerte ein wenig, dass er keine Fledermaus war, die sich von der Höhlendecke herab mit sicherem Nachtblick des Duetts der verschlungenen Leiber erfreuen durfte, das da weithin hörbar ablief. Die Fledermaus war zu beneiden, denn die Schlangenfrau auf dem Soziussitz war – Eisenherz hatte das sehr wohl in Erinnerung behalten – so stromlinienförmig gebaut wie die Statue einer griechischen Göttin.

Langsam und allmählich verflachte die Ekstase und wich einem dumpfen, genüsslichen Brummen, wie Eisenherz es von seiner schwarzen Wölfin kannte, wenn er sie unter dem Kinn kraulte.

Eisenherz war mittlerweile knapp vor dem Eingang zur Herzerlfresserhöhle angelangt, von der es hieß, die

Bestie, die damals sechs Jungfrauen Gewalt angetan hatte, habe hier ihre verstümmelten Körper verscharrt.

Zum Missvergnügen von Eisenherz war der Himmel milchig und wolkenverhangen. So konnte er eher nur ahnen als sehen, dass die Schlangenfrau die Höhle mit entblößten Brüsten wieder verließ, die sie erst, als sie wieder an der frischen Luft war, unter dem Reißverschluss ihrer Jacke verstaute. Ihr Begleiter folgte wenige Sekunden später und fummelte, soweit Eisenherz dies in der Finsternis des Waldes ausnehmen konnte, umständlich an seinem Hosenbund herum. Dann sprang die Schlangenfrau auf seine Lenden und klammerte sich wie ein Äffchen an seinen breiten Schultern fest. Eisenherz hörte das Zurren des Reißverschlusses und sah schemenhaft, wie sie von ihm herabglitt und sich vor ihn hinkniete, um ihm seine knautschlackierten Beinkleider abzustreifen.

Dann legten die beiden, diesmal vor dem Eingang zur Höhle, noch ein zweites Mal los, und Eisenherz überlegte kurz, ob es nicht vielleicht doch klüger gewesen wäre, sich eine Harley anzuschaffen statt einen Peugeot zu fahren.

***

Die göttliche Anna sang schon zum zwölften Mal in Folge „Bella figlia dell'amore“ aus Rigoletto, und Muj schwelgte. Die Arie dauerte fast zehn Minuten, was, mal fünf gerechnet, ziemlich genau der Länge einer jener Schulstunden entsprach, die Muj früher aus tiefstem Herzen gehasst hatte.

In diesen fünfzig Minuten hatte Muj auch – neben der göttlichen Anna und der Flecksuppe – seiner dritten wahrhaft tiefen Leidenschaft gehuldigt und eine ganze Familienpackung Soletti verzehrt. Dass er dabei eine Flasche Welsch geleert hatte, zählte Muj allerdings nicht zu den Leidenschaften, das lag schlichtweg in der Natur der Dinge. Salz macht durstig.

Es war höchste Zeit, der göttlichen Anna allmählich an den weißen Schwanenhals ihrer geheiligte Kehle zu gehen, dachte Muj, bevor er der Versuchung erlag, noch eine zweite Familienpackung Soletti zu öffnen und dazu, gewissermaßen aus Notwehr, noch eine zweite Flasche Welsch zu entjungfern.

Doch dann wurde diese spätnächtliche Idylle durch ein schnödes, höchst diesseitiges Geräusch gestört, das von Mujs Handy her rührte. Eisenherz war dran.

„Ich weiß, mein König, dass es an Majestätsbeleidigung grenzt, dich jetzt noch anzurufen. Aber ich bin hier von so vielen Leichen umgeben, dass der Schluss vom Hamlet dagegen ein Schwank ist.“

„Hamlet, wieso?“, fragte Muj, der sich im Moment wirklich nicht auskannte und obendrein kein großer Shakespeare-Experte war. Ganz im Gegensatz zu Eisenherz, der, bevor er vernünftigerweise Taxifahrer geworden war, noch ein paar Semester Anglistik und Germanistik studiert hatte.

„Vergiss Hamlet, mein König“, sagte Prinz Eisenherz. „Aber hol mich hier raus! Vor mir liegt ein Clown, der von einem Blutrausch in den anderen fällt. Neben ihm wimmert ein langer Lederlulatsch, weil der Clown ihn ziemlich unsanft in die Eier getreten hat. Dazwischen heult eine Prinzessin mit leuchtenden Haaren Rotz und Wasser, und jetzt ist auch noch dein Freund Charly hereingekommen, der mich wegen Behinderung einer Amtshandlung verhaften will. Das hat man davon, wenn man in deinem Auftrag als Hilfssheriff unterwegs ist. Jetzt musst du mir helfen, mein König! Dein Büttel Charly meint's ernst.“

„Wo bist du, mein Prinz?“, fragte Muj, während die göttliche Anna einen ihrer unwiderstehlich sinnlichen Diva-Seufzer ausstieß.

„Ach, hab ich das noch nicht gesagt, mein König? – Bei Panther natürlich. Der ist unter all den Leichen die einzige, die noch lebt."

„Bist du dir sicher, mein Prinz?"

„Todsicher, mein König. Er hat mir nämlich soeben einen doppelten Lärcherlschnaps eingeschenkt."

„Na gut, mein Prinz. Ich wollte zwar gerade dorthin gehen, wo auch der Kaiser zu Fuß hingeht, aber in zehn Minuten bin ich bei dir."

„Muss ich jetzt ‚mein Kaiser' zu dir sagen?"

Muj legte auf. Und jetzt war auch der Zeitpunkt gekommen, der göttlichen Anna in der Endlosschleife ihr Goldkehlchen abzuschneiden.

***

Eisenherz hatte schon bessere Tage gesehen als jenen, der eben vergangen war, und vor allem waren ihnen schon bessere Nächte gefolgt.

Eisenherz hatte mit seinem Hamlet-Szenario nur unwesentlich übertrieben. Die beiden glatzköpfigen deutschen Recken hatten sich ihren Heldenmut für spätere Gelegenheiten bewahrt und waren lieber nach draußen Speiben gegangen als drinnen aufs Klo. Auch die feuchtfröhliche Darts-Runde hatte sich angesichts des vergangenen Gemetzels in Windeseile aus dem Staub gemacht. Clown lag bäuchlings auf dem wischfesten PVC-Boden, während aus seiner Nase ein Blutfaden rieselte, der nicht versiegen wollte. Neben ihm lag die Ginflasche, die unfreiwillig zur Ursache des Blutstroms geworden war, nachdem Lederjack sie zweckentfremdet hatte, um Clown heute schon zum zweiten Mal eine überzubraten. Lederjack selbst saß mit gespreizten Beinen an die Schank gelehnt und pflegte wimmernd sein Gemächt, das vor noch gar nicht so langer Zeit von der Schlangenprinzessin so aufopfernd betreut worden war.

Jetzt hockte die Schlangenlady allerdings eingeringelt auf der Eckbank neben dem Eingang zum Internet-Café, starrte auf die beiden Schaufenster-Puppen, die Panther am Nebentisch postiert hatte (nebenbei die einzigen Personen im Raum, die die knappe Viertelstunde seit dem Eintreffen von Lederjacks Harley unbeschädigt überstanden hatten), und schluchzte still vor sich hin.

Eisenherz wusste nicht genau, ob der Grund dieses Schluchzens der Schmerz war, den ihr Clowns gestreckte Rechte unter dem linken Auge zugefügt hatte, nachdem sie ihm ziemlich deutlich erklärt hatte, dass er sich aus ihrem Leben schleichen solle. Vielleicht weinte sie auch schlicht und einfach über die Schlechtigkeit der Männer. Grund dafür hätte sie vermutlich jede Menge gehabt.

Als Muj eintrat, war Panther gerade damit beschäftigt, Clowns Nase mit einem Taschentuch daran zu hindern, noch weiteres Unheil zu stiften, und gleichzeitig den PVC-Boden abzuwischen. Charly Pichler hielt Eisenherz, der ihm dabei überhaupt nicht zuzuhören schien, eine mit allerlei Schimpfwörtern gespickte Gardinenpredigt.

„Willkommen, König Fortinbras!", rief Eisenherz Muj zu, als dieser gerade die gelbe Rillentür hinter sich schloss und seinen Blick mit einer Mischung aus Neugierde und Fassungslosigkeit über das Schlachtfeld gleiten ließ.

„Wieso Fortinbras?", fragte Muj.

„Weil das der einzige ist, der im Hamlet überlebt."

„Naseweiser Prinz", antwortete Muj, während Charly Pichler der Mund offen blieb, als würde er die Welt nicht mehr verstehen. „Na, dann werden wir einmal den Tatbestand aufnehmen", fügte Muj hinzu und setzte sich an den Tisch der Schlangenprinzessin, an der ihm sofort das schwarz getigerte Kostüm auffiel.

„Sie sind die Michi, oder?"

Die Schlangenfrau sah ihn mit dem einen Auge, auf dem sie noch sehen konnte, groß an. „Woher wissen Sie das?“

„Ich weiß so manches. Ich bin ja der Kommissar Muj.“

„Ich hab nichts getan“, schluchzte Michi. „Aber die Männer ..., die sind ja so blöd.“

„Blöd würde ich das nicht nennen, eher schon kriminell“, mischte sich Charly Pichler ein. „Der eine, der da unten am Boden liegt, hat vor nicht einmal einer Stunde in blutroter Schrift ein großes M auf die Autobahnbrücke geschrieben. Ich war selbst Zeuge, und der“ – er wies auf Eisenherz – „übrigens auch. M wie Mord.“

„Ist doch nicht wahr“, stammelte Clown und versuchte dabei ohne großen Erfolg, sich wieder vom Boden aufzurappeln. „Ich wollte ‚Michi ich liebe dich‘ auf den Pfosten schreiben, bevor diese Sau gekommen ist und mir den Farbtopf aus der Hand geschlagen hat. Mein armes Moped ...“

„Na gut“, sagte Muj. „Dann nehmen Sie einmal alle Personalien auf, Pichler, und dann machen wir für heute Schluss mit dieser lächerlichen Eifersuchtstragödie.“

„Gut getroffen, mein König“, sagte Eisenherz. „Du hast Recht. Es ist wirklich eher Othello als Hamlet.“

„Kusch, mein Prinz“, erwiderte Muj.

„Sie wollen die drei Verbrecher doch nicht ernsthaft auf freien Fuß setzen, Herr Bezirksinspektor?“, fragte Charly.

„Doch, doch. Die brauchen alle drei ihren Schlaf. Und unser Verwahrungsraum ist kein Hotel.“

„Das muss ich dann aber auch in meinen Bericht schreiben, Herr Bezirksinspektor, dass Sie die Bande wieder freigelassen haben, nachdem ich sie – gestellt habe.“

„Schreiben Sie nur, Pichler, schreiben Sie“, erwiderte Muj.

***

Als Muj am nächsten Morgen, nicht ganz taufrisch, aber immerhin mit geputztem Schuhwerk und ordentlich rasiert, zum Dienst erschien, stellte er zu seiner Überraschung fest, dass ausnahmsweise einmal keine Notiz auf seinem Schreibtisch lag, in der Grätenschleifer um dringenden Rückruf ersuchte.

Das vorhersehbare Bedürfnis nach der Morgenvirginier regte sich. Muj zückte sein Etui, doch als Sylvia „das Weib" Golubits die gelb-rote Schachtel zwischen seinen Fingern aufblitzen sah, faltete sie flehend die Hände und stülpte ihre ganz und gar nicht unsinnlichen Lippen zu einem Kussmund.

Muj steckte die Packung in seine Sakkotasche zurück und tat, was ohnedies getan werden musste: Er rief Herlinde Gober an. Er ließ es lange läuten. Vielleicht war sie im Garten, dachte Muj. Als er gerade resigniert den Hörer auflegen wollte, hob sie doch noch ab.

„Gober", meldete sie sich.

„Habe ich Sie geweckt?", fragte Muj und bereute gleich, einer frischgebackenen Witwe eine so kecke Frage gestellt zu haben.

„Wer spricht?"

„Muj, Bezirksinspektor Muj von der Kriminalpolizei Kindberg."

Schweigen am anderen Ende der Leitung.

„Ich hoffe, ich rufe nicht ungelegen an", sagte Muj mit seiner Morgenstimme, die noch nicht wirklich fest, aber doch eindringlich war.

„Ich ... ich war im Keller, tut mir leid", sagte Herlinder Gober.

„Ach, im Keller?"

„Ja ... Waschtag, ... heute ist Waschtag."

„Das tut mir leid. Aber ich halte Sie auch nicht lange auf. Ich wollte nur fragen ..."

„Ja, bitte?“

„Ich wollte fragen, ob Ihre Tochter, ... ich meine, ob Ihre Kinder sich inzwischen gemeldet haben?“

„Ja, der Alex war kurz da. Er war mir eine große Hilfe. Aber er musste zurück nach Bad Gleichenberg. Er hat heute eine Prüfung und kommt erst zum Begräbnis zurück.“

„Ach ja? Gibt es schon einen Termin?“

„Noch nicht. Das hängt von der ... Obduktionsanstalt ab.“

„Dann wird er wohl bald sein.“

„Wissen Sie denn schon mehr, Herr Bezirksinspektor?“

„Nichts Neues, nein. Aber die Obduktion ist abgeschlossen.“

„Dann ...?“

„Was dann?“

„Nein, ich meine nur, dass Desiree dann wohl auch zum Begräbnis zurecht kommen wird.“

Sie wirkte bemerkenswert gefasst, dachte Muj, aber dennoch merkte er an der sich immer wieder leicht überschlagenden Stimme, dass sie nahe am Heulen war.

„Ist Ihre Tochter denn nicht in Kindberg?“, fragte Muj, wie er sich selbst eingestand, fast eine Spur zu scheinheilig.

„Wie sollte sie?“, fragte Herlinde Gober mit einem Anflug von Entrüstung.

„Haben Sie sie denn in ihrem Grazer Studentenwohnheim nicht erreicht?“

„Wieso in Graz? Ich dachte, ich hätte Ihnen erzählt, dass sie mit Freunden in Italien ist. Aber gottlob hat sie sich heute früh aus Taormina gemeldet.“

„Aus Taormina? Das ist doch in Sizilien?“

„Sie wird ihren Urlaub natürlich abbrechen. Übermorgen in der Früh ist sie da. Ich brauche auch dringend ihren Beistand.“

„Kann sie nicht nach Hause fliegen?"

„Wer sollte das bezahlen? Noch dazu jetzt, nach Poldis Tod?" Das Zittern in ihrer Stimme wurde stärker.

„Tut mir leid", entschuldigte sich Muj, ohne genau zu wissen wofür. „Tut mir leid, dass ich Sie in Ihrem Kummer gestört habe."

„Sie können nichts dafür, Herr Bezirksinspektor, Sie tun nur Ihre Pflicht."

Muj legte den Hörer auf.

Sylvia Golubits hatte auf diesen Augenblick nur gewartet und öffnete die Tür zu Mujs Glaskobel. „Draußen wartet ein Taxi auf Sie, Herr Bezirksinspektor", flötete sie durch den Türschlitz.

„Taxi? Wieso Taxi? Ich habe keines bestellt."

„Doch, doch. Es ist extra für Sie vorgefahren. Ich soll Ihnen ausrichten, es sei eine Staatskarosse."

„Ach, dieser Prinz!", seufzte Muj.

„Das Weib" zuckte wissend mit den Schultern. „Jaja, sein Gesinde, das kann man sich nicht immer aussuchen. Selbst wenn man ein König ist ..."

„Was Sie immer so daherreden, wenn der Tag lang ist. Dabei hat er noch nicht einmal wirklich begonnen", sagte Muj.

Als er schon fast an der Eingangstür war, machte Muj noch einmal kehrt. „Frau Inspektorin!"

„Ja, Herr Kommissar?"

„Ich bin etwa eine Stunde weg. Könnten Sie inzwischen bitte erforschen, ob es im Bezirk Mürzzuschlag noch Personen gibt, die Reininger heißen? Haben Sie verstanden, Reininger, mit einem ei in der Mitte."

„Ei oder ai?"

„Ei wie Osterhase."

„Alles klar."

***

„Heute Hexenritt, mein König“, sagte Prinz Eisenherz. „Es ist zwar nicht Walpurgisnacht, aber ich denke, es ist höchste Zeit. An die Besen!“

„Wenn du deinen Peugeot meinst, der ist tatsächlich schon ziemlich ausgefranst, mein Prinz. Sei froh, dass ich kein Verkehrspolizist bin.“

„Für einen Hexenritt ist es völlig egal, ob der Besen neu ist oder nicht.“

„Jetzt spann mich nicht auf die Folter. Wo geht's hin?“

„Bergauf, mein König.“

Muj stöhnte. „Hoffentlich muss ich nicht wieder klettern, mein Prinz.“

„Nur ganz kurz, aber es wird dir gut tun, mein König.“

Eisenherz stieg aufs Gas und fuhr, da er mit Muj eine fahrbare kugelsichere Weste gegen polizeiliche Übergriffe an Bord hatte, mit wesentlich überhöhter Geschwindigkeit auf Schloss Kindberg hoch über der Stadt zu, von wo er durch die steil bergauf führende Schlossallee schnurstracks auf den Herzerlfresserweg zusteuerte.

„Nein, bitte nicht schon wieder, mein Prinz!“, flehte Muj.

Zu seiner Überraschung fuhr Eisenherz jedoch am Hohlweg vorbei und hielt erst etwas Weile später an.

„Heute ist die Höhle dran“, sagte Eisenherz. „Die ist wesentlich bequemer zu erreichen als das Marterl.“

„Ach, die Höhle!“, sagte Muj. „Die ist doch nicht echt.“

„Und wie die echt ist, mein König. Du wirst es gleich selbst sehen.“

„Erzähl mir doch nichts“, prahlte Muj mit seinen jüngsten Erkenntnissen aus dem Grazer Landesarchiv. „Als der Herzerlfresser seine Untaten beging, da war die Höhle noch gar nicht da. Die kam erst mit dem Granitabbau, und der setzte erst lange nach Kaiser Josef II. ein.“

„Weiser König“, sagte Prinz Eisenherz und verbeugte sich demütig. „Ich bin aber auch ein weiser Prinz. Also komm mit.“

„Erst einmal sehen, ob du wirklich ein weiser Prinz bist“, sagte Muj.

„Vor allem bin ich ein dankbarer Prinz“, erwiderte Eisenherz. „Du hast mir gestern das Leben gerettet, indem du Charly den Büttel von mir abgezogen hast. Ich möchte mich dafür revanchieren.“

Eisenherz fuhr genau bis an die Stelle, wo Lederjack in der vergangenen Nacht seine Harley geparkt hatte. Muj stolperte Eisenherz durchs Dickicht nach und erwog einmal mehr, zwanzig Kilo abzuspecken. Nicht nur wegen Laura, sondern auch wegen der beiden Windräder in seinem Brustkorb, die schon nach wenigen Metern wieder zu rotieren begannen.

Eisenherz bückte sich und fischte mit einem herumliegenden Holzstückchen ein Kondom aus dem Gras. „Das wär doch was für dein Gurkenglas“, sagte er feixend. „Ist noch taufrisch!“

„Du bist ein Schweindl, mein Prinz!“

„Halten zu Gnaden, mein König, diese Schweinerei ist immerhin ein Corpus Delicti.“

„Wofür?“

„Für die Hamlet-Tragödie, die sich gestern bei Panther abgespielt hat.“ Eisenherz ließ das Präservativ zwischen seinen Fingern baumeln wie einen Glockenschwengel und sagte mit würdevoller Gebärde: „Schwein oder nicht Schwein, das ist hier die Frage!“

„Aber du wirst mich doch nicht hier heraufgeschleppt haben, um mir ein gebrauchtes Kondom zu zeigen. Sagtest du nicht was von einem Hexenritt?“

„Deshalb sind wir hier“, sagte Eisenherz, „die Höhle ist gleich dort hinten. Als guter Polizist hast du sicher eine Taschenlampe bei der Hand, mein König.“

„Als König erwarte ich mir das von meinem Gesinde."

Eisenherz machte einen tiefen Hofknicks und zog eine Stablampe aus seiner Hosentasche.

Die Herzerlfresserhöhle, die der Herzerlfresser selbst niemals betreten haben konnte, war nicht gerade die Adelsberger Grotte, aber durchaus geräumig genug, um rauschhafte, vielleicht auch rauschige Feste zu feiern, wobei die zahlreichen leeren Bier- und Wodkaflaschen eher auf Letzteres deuteten. Auch etliche verwitterte Kondome glitzerten wie Glimmeradern im Schein der Taschenlampe.

„Scheint mir mehr eine Bums- und Saufhöhle zu sein als ein Hexentanzplatz", brummte Muj.

„Gemach, gemach, mein König, wir haben längst noch nicht alles gesehen." Eisenherz ließ den Lichtkegel seiner Stablampe über den Boden kreisen und blieb an einer verloschenen Feuerstelle hängen, über der sich einige Knochen türmten.

„Da hat wohl jemand ein Grillfest veranstaltet", sagte Eisenherz und fischte ein Skelettstück aus der Asche.

„Das sind keine Spareribs", sagte Muj mit Kennerblick. „Sieht eher nach einem Kaninchen aus."

„Oder nach einer Katze", erwiderte Eisenherz, „vielleicht sogar nach einer schwarzen Katze." Er ließ das Gerippe wieder fallen und schwenkte die Taschenlampe über die Wände der Grotte, die dadurch plötzlich blutrot zu leuchten begannen. Auf den Wänden fanden sich nicht nur Drudenfüße und verkehrte Kreuze, sondern, in roter Leuchtschrift, auch seltsame Namen wie Baphomet, Behemoth, Asmodeus, Gog und Lilith.

„Alles Namen von Dämonen", sagte Eisenherz. „Ausgeburten der Hölle, oder der Phantasie irregeleiteter Kids."

„Sagtest du nicht immer, deine Satanisten seien harmlos?"

„Ich sagte lediglich, dass sie niemanden ermorden wollen, sie wollen in ihrem jugendlichen Übermut nur spielen. Ganz und gar nicht harmlos ist aber der, der ihnen die Spiele beibringt.“ Eisenherz bückte sich. „Schau, da hat jemand sein Amulett verloren.“ Er leuchtete auf ein handtellergroßes metallisches Gebilde. „Sieh mal einer an. Es trägt auf der Vorderseite das doppelte V auf zwei waagrechten Strichen – das Symbol des Erzengels Michael.“

„Was du alles weißt, mein Prinz.“

„Über irgendwas muss ich mit meinen jugendlichen Fahrgästen ja reden, wenn ich sie nachts im Wald aufklaube.“

„Aber was hat ein Erzengel in einer Satanshöhle verloren?“, fragte Muj.

„Dreh es einmal um. Wetten, dass auf der Rückseite ein Drudenfuß aufgemalt ist. Das Böse sagt dem Guten den Kampf an. Nichts anderes bedeutet das.“

Muj lieh sich von Eisenherz die Stablampe und führte das Amulett an den unteren Rand seiner Gleitsichtbrille.

„Wer glaubt's denn“, sagte Muj staunend, „der Teufel hat sogar eine Bezugsadresse auf seinem Amulett hinterlassen. ‚Magic Melmoth Magie- und Zaubereibedarf, Myrthengasse 6, 1070 Wien‘ steht da zu lesen. Magic Melmoth, sagt dir das was?“

„Nicht, dass ich wüsste.“

„Ich hab den Namen doch gerade irgendwo gehört“, murmelte Muj und schob sich die Gleitsichtbrille wieder zurecht, die an seine Nasenspitze vorgerutscht war. „Ja genau, es war Clown, der diesen Namen erwähnt hat. Unser trauriger Clown.“

Es war kurz nach sechs Uhr morgens, als Mujs Handy auf dem Nachtkästchen zu vibrieren begann. Muj nahm es, warf es ans Fußende seines Bettes und drehte sich um.

Das Handy vibrierte abermals, massierte aber diesmal seine Zehen. Muj raffte sich auf, griff zum Handy, drückte den Empfangsknopf und rief, eher flehend als erzürnt: „Bitte nicht schon wieder, mein Prinz! Du wirst ja allmählich zur Landplage."

„Ich bin nicht dein Prinz, ich bin Max", tönte es bei schlechtem Empfang vom anderen Ende.

„Was treibt denn dich mitten in der Nacht ans Telefon?"

„Meine Freundschaft zu dir und Laura", sagte Max Tannenblat. „Ich fahre nämlich gerade durch Baden bei Wien, und ich rufe nur deshalb so früh an, damit du deine Sachen packen kannst. In gut anderthalb Stunden bin ich in Kindberg und lass den Zug anhalten."

Bevor Muj noch zu einer Antwort ansetzen konnte, hörte er ein kurzes: „Nein, heute gibt's keine Widerrede. Ich hab die Sache für dich diesmal bis ins Detail getimed. Du verlierst so gut wie keine Zeit, kannst Laura küssen, ihr die Klezmer-CDs vorbeibringen und kriegst als Draufgabe noch die göttliche Anna, diesmal sogar auf Russisch. Na, wie bin ich zu dir?"

„Und wie soll das funktionieren?"

„Ich sammle dich oder das was von dir um diese Zeit schon am Leben sein wird, ziemlich genau um 8 Uhr in Kindberg auf. Du bist am frühen Nachmittag in Mestre, besuchst deine Schwiegermutter, gehst mit Laura gemütlich Abendessen und legst dich um halb zwei Uhr in der Früh in den Schlafwagen des Nachtzugs, der am nächsten Morgen kurz vor sieben in Bruck ankommt. Dort lässt du dich von der Funkstreife abholen. Das ganze kostet dich genau einen Arbeitstag, und um den blau zu machen, wird dir ja vielleicht was einfallen."

„Ich kann mich ja nicht gut krankschreiben lassen, wenn mich morgen in der Früh die Funkstreife am Brucker Bahnhof abholen soll."

„Das ist dein Teil des Problems. Ich hab meinen schon gelöst. Jetzt geh erst einmal duschen, und dann komm. Ich erwarte dich."

Es klickte, und Muj trabte schlaftrunken ins Bad. Dann kam ihm plötzlich eine Idee, wie er die Fahrt nach Mestre doch noch als Dienstreise tarnen konnte. Er würde einfach sagen, die Spur eines neuen Tatverdächtigen führe nach Wien in einen geheimnisvollen Zauberladen, und er müsse sich daher mit den dortigen Behörden ins Einvernehmen setzen. Was er in einer gewissen Weise ja auch tat. Denn Max Tannenblat war die einzige Wiener Behörde, die Muj persönlich kannte.

***

„In der nächsten halben Stunde geht kein Zug, Herr Bezirksinspektor", sagte der Fahrdienstleiter, als er Muj einsam am Bahnsteig stehen und trotz offiziellen Rauchverbots seine Virginier schmauchen sah.

„Ich weiß, ich weiß", brummte Muj, der sich ertappt fühlte wie ein kleiner Junge beim Äpfelstehlen.

Doch der Fahrdienstleiter ließ nicht locker. „In den nächsten Minuten fährt nur der Eurocity durch, aber der bleibt nicht stehen. Der nächste REX geht erst um halb neun. Da können Sie noch bequem zu Panther auf einen Frühstückskaffee rüberschauen.

„Gute Idee", sagte Muj. „Aber ich vertrete mir noch ein bisschen die Beine. Man hat ja sowieso viel zu wenig Bewegung bei der vielen Büroarbeit im Revier."

„Wie Sie meinen“, sagte der Fahrdienstleiter und verschwand kopfschüttelnd in dem Kabäuschen, wo früher, als es noch keinen Automaten gegeben hatte, die Fahrkarten verkauft worden waren. Bevor er die Tür schloss, drehte er sich noch einmal um. „Rauchverbot auf allen Bahnhöfen, Herr Bezirksinspektor“, rief er Muj nicht ohne einen kecken Unterton zu.

„Ich weiß, ich weiß“, erwiderte Muj und schmauchte in aller Seelenruhe weiter.

Der Eurocity-Express Stradivari ließ schon von Weitem von sich hören, und bevor er sichtbar wurde, warf Muj schweren Herzens den Stumpen seiner Virginier auf den Bahndamm.

Die Bremsen des Zuges quietschten, als würde er zu einer Notbremsung ansetzen. Nur eine einzige Tür ging auf, aus der gleich zwei Schaffner ausstiegen und sich wie im Spalier links und rechts der Einstiegstür zum Wagen erster Klasse aufpflanzten. Als Muj auf die beiden zukam, salutierten sie.

„Guten Morgen, Herr Präsident!“, sagte der eine zackig, während der andere Muj die schmale Reisetasche abnehmen wollte, in die er außer seinem Zahnputzzeug und einem Pyjama nicht viel eingesteckt hatte.

„Geht schon, geht schon!“, sagte Muj verblüfft und umklammerte die Tasche mit festem Griff.

„Sie werden schon in der Business Class erwartet, Herr Präsident!“, sagte der Schaffner und bot sich Muj beim Einsteigen als Stütze an.

Tannenblat saß alleine in einem der lederbezogenen und holzgetäfelten Business-Abteile und hatte vor sich eine Flasche Rotwein und zwei Gläser stehen. Er umarmte und küsste Muj, der sich dabei ein wenig unwohl fühlte. Der Expresszug setzte sich wieder in Bewegung und Muj sah durch das Fenster den Fahrdienstleiter, der einsam und ratlos auf dem Perron zurückgeblieben war.

„Nun, mein alter Freund, wie geht's?", begrüßte Tannenblat Muj fröhlich. „Ich habe uns eine Flasche koscheren Rotwein vom Berg Karmel mitgebracht. Du wirst ihn mögen."

„Ist es nicht noch ein bisschen früh für Rotwein?", fragte Muj und wischte sich den letzten Sand aus den immer noch verschlafenen Augen.

„Wir fahren nach Italien, mein Freund, in das Land der Sonne und der Sinneslust. Und wir haben eine lange Fahrt vor uns. Da darf es schon ein bisschen Wein sein."

Muj schlüpfte aus seinem Burberry und nahm schräg gegenüber von Tannenblat Platz. „Wieso haben die mich eigentlich mit Präsident angeredet? Was hast du ihnen erzählt?"

„Ach verzeih, ich musste dich ein wenig befördern, um meiner Bitte nach einem außerfahrplanmäßigen Halt Nachdruck zu verleihen. Ich erzählte ihnen, du seist der stellvertretende steirische Polizeipräsident. Das lässt sich nicht so leicht nachprüfen. Ich bin sicher, der steirische Polizeipräsident hat mindestens drei Stellvertreter. Warum solltest einer von denen nicht du sein?"

„Ich bin es aber nicht", sagte Muj mürrisch.

„Glaube mir, die haben keine Ahnung von der steirischen Polizei, die von der Bahn. Die haben selber Hierarchie genug."

Muj musste schmunzeln, obwohl ihm Tannenblats Vorgangsweise gar nicht behagte. Er konnte nur hoffen, dass der Kindberger Fahrdienstleiter nicht mitgehört hatte, wie man ihn als „Herr Präsident" ansprach.

„Ich denke, wir sollten auf uns beide trinken – und natürlich auf Laura und Mirjam, die beiden Frauen, die uns zusammengebracht haben", sagte Tannenblat, während er etwas Wein in beide Gläser einschenkte und danach das seine erhob.

„Na gut, einen symbolischen Schluck“, brummte Muj. „Austrinken kann ich die Flasche erst, wenn wir in Udine sind. Da ist es dann schon nach zwölf.“

„Dafür trinkst du dann eben schneller. Ist auch in Ordnung.“

„Wie geht's Mirjam?“

„Sie wird immer schöner – und immer lustvoller, je länger unsere Beziehung dauert.“

„Wie erfreulich für dich.“

„Ja, es geht nichts über eine erfüllte Ehe, vor allem, wenn sie auch erotische Phantasie hat, wenn du verstehst, was ich meine.“

„Ich dachte immer, orthodoxe Jüdinnen seien prüde?“

„Wie kommst du auf so was?“

„Besonders katholische Frauen sind das meistens, zumindest nach meiner bescheidenen Erfahrung.“

Tannenblat ließ einen langen Blick über Mujs beachtlichen Bauch schweifen und Muj glaubte genau zu wissen, was er sich dabei dachte.

„Gott sei Dank ist Laura nicht besonders katholisch“, beeilte sich Muj hinzuzufügen.

Max nahm einen tiefen Schluck von seinem Karmel-Wein, schlürfte und ließ ihn genüsslich auf seiner Zunge zerfließen. „Orthodoxie und Erotik schließen einander keineswegs aus“, nahm er den Faden erneut auf. „Jüdische Frauen sind zwar sehr streng, wenn es darum geht, bestimmte Riten, Waschungen und Reinlichkeitsgebote zu erfüllen. Aber wenn die Riten erst einmal absolviert sind, dann gibt es – wie soll ich das formulieren? – dann gibt es keine Tabus mehr.“

Nun war es an Muj, seine erotische Phantasie zu strapazieren. „Du meinst …?“

„Ja, genau das meine ich. Wenn die Riten erst einmal absolviert sind, dann singen wir beide gemeinsam das Hohelied der Liebe.“

„Da hast du es gut“, sagte Muj und schaute dem um mehr als zehn Jahre jüngeren Freund tief in die schwarzen Augen, die wissbegierig knapp unter dem Strejmel-Hut aufblitzten. „Wir singen dieses Lied nur noch selten.“

„Ich weiß, ihr hört lieber Klezmer-Musik ...“

„... und die göttliche Anna, nicht zu vergessen.“

Stradivari war mittlerweile schon hinter Leoben angelangt und fuhr durch einen langen, schwarzen Tunnel, der Muj nach dieser kurzen Exkursion in die alttestamentarische Erotik wieder an die Höhle des Herzerlfressers erinnerte.

„Glaubt ihr orthodoxen Juden eigentlich an den Satan?“, fragte er unvermittelt.

„Komische Frage. Wenn ich unseren Rabbiner fragen würde, er würde mir wohl raten, an ihn zu glauben. Ich denke, er würde sagen, man muss den Satan erkennen, um ihn zu meiden. Wie kommst du darauf?“

„Hast du in deiner beruflichen Laufbahn jemals mit Satanisten zu tun gehabt?“, setzte Muj nach.

„Seit ich auf der Bahn bin nicht. Satanisten fahren, glaube ich, nur selten mit dem Zug. Aber früher, bei der geheimen Staatspolizei, da sind wir öfter mit dem Thema konfrontiert worden, als es uns lieb war.“

„Was war euch denn nicht lieb?“

„Ich hatte einmal mit einem Fall zu tun, bei dem es um Inzest in satanistischen Kreisen ging. Ein pubertierender Jugendlicher wurde von seiner Mutter im Verlauf einer schwarzen Messe in den Satanskult initiiert und kam damit nicht zurecht.“

„Was ist passiert?“

„Im Grund war das kein Fall für die Staats-, sondern einer für die Kriminalpolizei. Der Selbstmord eines Jugendlichen, wie er gerade in Wien so häufig passiert. Was mir an dieser Inzestgeschichte nicht gefiel, war aber etwas anderes, nicht minder Teuflisches.“

„Du warst selbst in die Sache verwickelt?“

„In einer gewissen Weise ja. Der Jüngling war der Sohn eines meiner Vorgesetzten, und ich hatte die Aufgabe, die Angelegenheit aus der Welt zu schaffen.“

„Und ist es dir gelungen?“

„Ich war ziemlich erfolgreich, ja, und ich habe ganz nebenbei viel erfahren, was ich nicht wissen wollte und eigentlich auch nicht wissen sollte. Aber lass uns lieber einen Schluck Wein vom Berg Karmel trinken. Das ist weniger gefährlich.“ Er schenkte sich selbst ein Glas nach und Muj, der das seine bis jetzt noch nicht angerührt hatte, noch etwas nach.

„Was solltest du denn nicht wissen?“

„Ich kann dir nur so viel sagen: Wenn du in Sachen Satanismus ermittelst, sei vorsichtig. Es mag von Kindberg aus vielleicht so scheinen. Aber Satanismus ist kein Unterschichtproblem. Du verstehst, was ich meine?“

Muj trank nun auch einen Schluck vom koscheren Rotwein, der ihm erstaunlich gut schmeckte.

„Dann werde ich dich also auch nicht um eine kleine Gefälligkeit bitten dürfen“, sagte Muj.

„Du kannst mich um jede Gefälligkeit bitten. Einem Freund meiner geliebten Mirjam kann und werde ich nichts abschlagen, zumindest solange die Gefälligkeit nicht zu gefährlich wird.“

Muj trank sich mit einem weiteren Schluck noch etwas Mut an. „Ist dir bei deinen Ermittlungen jemals ein Magic Melmoth untergekommen?“

„Nicht, dass ich wüsste. Wer soll das sein?“

„Es ist der Name eines Zauberladens in der Myrthengasse 6 in Wien. Ich bin bei Ermittlungen über einen Mann darauf gestoßen, dem man das Herz aus dem Leib gesägt hat.“

„Und was soll ich dort tun?“

„Gar nichts. Ein bisschen herumstöbern und vielleicht ein Zauberbuch oder ein kabbalistisches Kartenspiel kaufen, was dir gefällt. Und dann erzählst du mir, was dir sonst noch aufgefallen ist. Ist das eine zu große Gefälligkeit?"

„Ich glaube nicht. Mit einem Strejmel-Hut und einem Kaftan kann man überall hingehen, weil man so auffällig ist, dass man nicht wirklich auffällt. Warum also nicht auch in einen Zauberladen?"

Die Flasche Karmelwein war schon vor Udine leer. Dann überfiel Muj eine tiefe Müdigkeit. Er schlief ein, träumte, während Max gegenüber im Kosher Wine Review schmökerte, von Laura und der göttlichen Anna und wachte erst kurz vor Mestre wieder auf.

Beinahe hätte Muj seine CDs vergessen. Doch Tannenblat steckte sie ihm noch rechtzeitig vor dem Aussteigen in die Reisetasche.

***

Wenn Laura Muj Engelbert besuchte, so nahm sie ihren Ehemann zunächst einmal durch einen flüchtig hingehauchten Kuss wahr. Während sie noch küsste, verschaffte Frau Muj sich jedoch bereits einen ersten Überblick über notwendige Sofortmaßnahmen in der Kindberger Wohnung. Sie maß Lüftungsbedarf und Kehrgrad, indem sie vom Zustand des Vorzimmers auf den Rest der Räume schloss, und sie klärte dabei durch tiefes Einatmen die Frage, ob der Biomüll heute noch hinuntergetragen werden musste oder ob das bis morgen warten konnte. Zeitgleich prüfte sie mittels einer sanften, kaum merklichen Berührung von Mujs Hüften und eines diskreten „Lass-dich-ansehen"-Blicks aus spitzem Winkel die aktuelle Diätlage oder Diätnotwendigkeit ihres Mannes, die dann durch Wangentätscheln –

liebevoll in jedem Fall, aber eben liebevoll aufmunternd oder liebevoll-kritisch – quittiert wurde.

Wenn Engelbert Muj Laura besuchte, verhielt es sich genau umgekehrt. Da interessierte ihn der Zustand von Frau Mujs Wohnung, und glitzerte sie noch so blitzblank, überhaupt nicht, und auch, dass sich Laura für ihn besonders hübsch gemacht hatte, nahm Muj kaum wahr. Denn Muj hatte nur eines im Kopf: Seine Frau den Fängen der kranken Schwiegermutter wenigstens für ein paar Stunden zu entreißen und sie ins La Pergola gegenüber zu entführen.

Aus diesem Grund war Mujs Mitbringsel, sooft er nach Mestre kam, Pippa.

Pippa war die Tochter der Nachbarin. Sie war sechzehn, betreute Lauras Mutter, wenn Laura keine Zeit oder wichtige Gänge zu erledigen hatte, und sie brauchte immer Geld. Muj hatte Pippas Handynummer an prominenter Stelle in seinem Adressbuch notiert, und er rief sie in verschwörerischem Tonfall stets an, sobald er in Tarvis die italienische Grenze überquert hatte.

Pippa, ein Mädchen mit üppiger Figur und einem sinnlichen, wenngleich um einen Hauch zu schräg geratenen Mund, hatte immer Zeit, wenn Muj ihre Hilfe benötigte. Selbst wenn sie ein Date mit Dario, dem schwarz gelockten und trotz seiner Pickel recht hübschen Jungen aus dem Nachbarblock, vereinbart hatte, sagte sie es sofort ab. Denn Pippa wusste, dass sie an einem solchen Abend exakt das Doppelte ihres üblichen Stundenlohns bekam, weil eben Muj da war.

„Lass uns doch hinüber ins La Pergola gehen und einen unserer selten gewordenen zweisamen Abende verleben“, sagte Muj, sobald er eingetreten war.

„Machen wir es uns doch heute lieber einmal zuhause gemütlich“, erwiderte Laura, die ihre Mutter nur höchst ungern allein ließ, nach Mujs erotisch wenig phantasievoller, aber herzlicher Begrüßung. „Ich koche uns etwas Feines, und ins La Pergola können wir nächstes Mal auch noch gehen. Außerdem soll es, wie ich höre, in letzter Zeit schlechter geworden sein."

„Ganz wie du meinst", gab Muj, der wusste, dass er alle Trümpfe in seiner Hand hatte, scheinbar klein bei.

Während Laura Engelbert ein dankbares Lächeln für seine überraschend verständnisvolle Reaktion schenkte, läutete aber auch schon Pippa an der Haustür. „Kann ich heute Abend noch etwas für Sie tun, Frau Muj?", fragte sie arglos.

„Nein danke, eigentlich nicht", sagte Laura. „Machen Sie sich ruhig einen schönen Abend. Wir kommen alleine zurecht."

„Aber das trifft sich doch gut", warf Muj voller Begeisterung ein. „Wir wollten doch ohnedies wieder einmal ins La Pergola gehen, andererseits wollten wir Mutter nicht allein lassen. Aber wenn Pippa wirklich Zeit hat ..."

„Ich habe Zeit!", sagte Pippa so bestimmt, dass selbst Laura Muj ihr nicht zu widersprechen wagte.

„Na gut, Pippa, aber wir wollen dich nicht belasten. Ein junges Mädchen wie du hat doch am Abend sicherlich Besseres vor."

„Heute nicht", log Pippa, und während Laura das Vorzimmer verließ, um ihre Mutter darauf vorzubereiten, dass sie ein paar Stunden allein bleiben müsste, steckte Muj Pippa verstohlen ihren Zusatzlohn zu.

***

Die Osteria La Pergola lag, gleich gegenüber von Lauras Wohnung, in der Via Fiume. Nichts erinnerte in dieser stillen Nebenstraße daran, dass Parkhäuser, Werften, Kräne und Schienenstränge nur den sprichwörtlichen Steinwurf entfernt lagen. Die alte Arbeiterkneipe, in die Muj und Laura nun eintraten, lag genau in der Mitte zwischen dem hässlichen Bahnhof vom Mestre und seiner Altstadt, die viel schöner ist, als die meisten glauben, die aber kaum einer kennt, weil jeder nur möglichst schnell nach Venedig will.

Seit Paolo und Davide, zwei freundliche junge Menschen, sich vor ein paar Jahren der Pergola angenommen hatten, verkehrten hier allerdings von Jahr zu Jahr weniger Arbeiter, die vor allem billig und reichlich, sondern immer mehr vorwiegend jüngere und weibliche Gäste, die vor allem gut, aber dafür nicht allzu viel essen wollten. Paolo und Davide versuchten, auf beide Zielgruppen Rücksicht zu nehmen, die in Muj und Laura zwei geradezu idealtypische Repräsentanten fanden.

Muj stellte schon beim Eintreten beruhigt fest, dass sich der Antipastoteller, der es von hauchdünn geschnittenem Lardospeck auf Rosmarintoasts über Radicchiotorte und Kräuterfrittata bis hin zu einem saftigen Coppaschinken und einer kleinen Portion Buranakäse an nichts fehlen ließ, gegenüber seinem letzten Besuch nicht verkleinert hatte.

„Mir würde ein halber Antipastiteller eigentlich reichen", sagte Laura, nachdem Paolo den beiden gestenreich das Speisenangebot referiert hatte.

„Du weißt, dass Antipasti Vorspeisen sind", sagte Muj gut gelaunt zu Laura, „also lass sie uns bitte auch als solche betrachten, so selten, wie wir uns in letzter Zeit sehen." „Also eine Vorspeisenplatte bitte", fügte Muj, nun wieder zu Paolo gewandt, hinzu.

„Für zwei?", fragte Paolo mit leuchtenden Augen.

„Für einen", antwortete Laura.

„Für zwei", beharrte Muj. „Ich werde dafür heute ausnahmsweise die Pasta auslassen und stattdessen nur eine Kuttelsuppe bestellen."

„Nur?", fragte Laura und runzelte die Stirn.

„Nur eine kleine Portion“, gab Muj klein bei. „Schließlich muss ich ja dann noch die Hochrippe vom Holzkohlengrill kosten.“

„Die Costata alla brace machen wir aber nur für zwei“, wandte Paolo mit einem vorsichtigen Blick auf Laura ein.

„Das macht nichts“, fuhr Muj unbekümmert fort. „Meine Frau kostet mit. Und nun zu dir, meine Liebe, was möchtest du denn essen?“

„Mein Mann hat schon für mich mitbestellt“, sagte Laura. „Das einzige, worauf er wieder einmal vergessen hat, ist der Salat.“

„Insalata per due?“, wiederholte Paolo fragend.

„Per uno“, sagte Muj. „Sonst wird's mir zu viel. Aber bringen Sie mir stattdessen zwei oder drei Polentapralinen zum Fleisch.“

„Darf ich Ihnen zur Costata einen Venegazzú della Casa offerieren. Das ist ein exzellenter Rotwein aus dem Veneto.“

„Nein, keinen Rotwein. Was trinke ich hier immer, Laura?“

„Soave.“

„Genau, das ist der Wein, der mich noch am ehesten an einen Welsch erinnert.“

Muj bestellte eine Halbliterkaraffe, Laura ein Glas Sangiovese. Paolo zog ab.

„Hast du mir nicht letztes Mal versprochen, du würdest dich bis zu unserem nächsten Treffen um drei Kilo verschlankt haben?“, fragte Laura, als Paolo mit der üppigen Vorspeisenplatte anrückte.

„Hab ich doch“, erwiderte Muj lächelnd und strich sich zufrieden übers Sonnengeflecht. „Sieht man mir das denn nicht an?“

„Eigentlich nein“, erwiderte Laura spitz.

„Wie geht's deiner Mutter?“, versuchte Muj, das Thema zu wechseln.

„Gestern hat sie wieder einmal den Kleiderschrank mit der Toilette verwechselt, aber sonst geht's ihr blendend. Und wie geht's deinen Leichen?“

„Die aktuelle ist ganz schön knifflig, es fehlt ihr das Herz.“

„Das muss dir ja liegen. Du liebst doch Innereien.“

„Ja, aber nur am Teller. Nicht, wenn sie in Schließfächern auf Bahnhöfen herumliegen.“

Muj schilderte ihr den Fall haarklein, und nach und nach verschwanden sowohl der Lardo, die Coppa, die Rosmarintoasts, die Radicchiotorte und die Kräuterfrittata vom Teller, während Laura sich nur an den Frischkäse hielt.

„Und nun – die Trippe“, sagte Paolo voll Stolz, während er mit einer Schüssel Flecksuppe anrückte, die eher nach einer doppelten als nach einer halben Portion aussah.

„Für die Signora auch einen Löffel?“

Laura winkte ab.

Muj bat um eine Stoffserviette, weil er sich der Folgen, die deren Fehlen auf seinen Pullover gehabt hätte, leidvoll bewusst war.

„Wie schmeckt der Fleck?“, fragte Laura mit einem skeptischen Blick auf die Kutteln in der Tomatensuppe, die so dick war, dass Mujs Löffel darin steckenblieb.

„Sauber“, sagte Muj. „Ganz sauber. Aber ein steirischer Fleck ist mir lieber, weil er mehr nach Kutteln schmeckt. Der hier schmeckt mehr nach Paradeisern.“

„Dabei sind Paradeiser viel gesünder als ein Fleck.“

„Wenn ich jemals Vegetarier werden sollte“, erwiderte Muj, „so werde ich Fleckvegetarier.“

„Einfach unbelehrbar“, lächelte Laura Muj.

„Nein, ganz und gar nicht“, erwiderte Muj. „Denn wegen einem Fleck, da wird kein Tier geschlachtet.

Geschlachtet wird wegen dem Lungenbraten, den Koteletts, der Keule, aber niemals wegen dem Fleck. Der bleibt einfach übrig, wenn das Tier nun schon einmal geschlachtet ist. Und es wäre wahrhaft ein Frevel, ihn wegzuwerfen. Willst du nicht wenigstens kosten?"

„Na gut, kosten, ja."

Muj gab ihr seinen Löffel, und Laura führte ihn mit höchster Vorsicht an ihre wie immer ungeschminkten Lippen.

„Stinkt jedenfalls nicht so penetrant wie die, die du in Kindberg immer von der Tankstelle holst."

„Meine Kindberger Flecksuppe stinkt nicht, sie duftet", widersprach Muj.

„Das sagst du ja nur, weil deine Freundin Sissy dir immer schöne Augen macht. Würde sie fett und hässlich sein, du würdest ihre Flecksuppe nicht anrühren – und dich schon gar nicht von deinem Freund Eisenherz zum Nachfassen immer auf die Tankstelle fahren lassen."

„Sissys Flecksuppe ist weltweit unerreicht", beharrte Muj. „Das hat mit ihrer Schönheit nicht das Geringste zu tun."

„Ach, du findest Sissy also schön?"

„Das hast du gesagt."

„Auf jeden Fall wedelst du ihr nach wie ein Hund."

„Hunde lieben nun einmal Kutteln. Jedesmal, wenn ich mit Eisenherz bei Sissy esse, muss ich meine Flecksuppe wie einen Schatz hüten, damit Splinta nicht ihre Schnauze hineinsteckt."

„Eklig", sagte Laura.

„Eklig ist was anderes", sagte Muj, der mittlerweile schon seine zweite Karaffe Soave geleert hatte, während Laura noch immer bei ihrem ersten Glas Rotwein verharrte. „Eklig sind zum Beispiel diese Orgien in der Herzerlfresserhöhle, wo man das Sperma in den haufenweise zurückgelassenen Kondomen schon fünfzig Meter gegen den Wind riecht. Mein Gott, was ist das nur für eine disziplinlose Generation, mit der wir es da zu tun haben. Die einen sind Skinheads, die anderen sind Punks, sie schlagen sich gegenseitig die Nasen blutig, und irgendwie schmutzig und verrotzt sind sie alle."

„Silvio Berlusconi findet das auch", sagte Laura angriffslustig.

„Wieso Berlusconi? Wie kommst du plötzlich auf Berlusconi?"

„Ich sage ja nur, dass er das auch findet, dass die jungen Leute wie Tiere sind, und dass man sie disziplinieren muss. Am liebsten würde er sie vermutlich alle in Käfige sperren, nur damit sie ihm seine glattpolierten Marmortreppen vor dem Quirinalspalast nicht verunreinigen."

„Wie komme ich dazu, mit Berlusconi verglichen zu werden? Ich mag ihn überhaupt nicht. Und wärst du nicht bei deiner Mutter in Mestre, ich würde mir überlegen, überhaupt nach Italien zu fahren, solange dieser Spätfaschist am Ruder ist."

„Wenn dem tatsächlich so ist, solltest du umso länger darüber nachdenken, was du sagst, Engelchen!"

Wenn Laura, wie Muj es nannte, „pädagogisch wurde", sprach sie ihn gerne mit seinem alten Spitznamen Engelchen an. Das war eine Verballhornung seines schönen Vornamens Engelbert, ein Spitzname, den ihm vor dreißig Jahren seine Kameraden auf der Polizeischule verpasst hatten.

„Ich meine ja nur", fuhr Laura fort, „dass ihr euch beide, danach zu schließen, was du gerade gesagt hast, gut vertragen würdet, wenn ihr zufällig am selben Tresen sitzen würdet, du – und Berlusconi."

„Ich sitze aber an keinem Tresen, an dem Berlusconi auch sitzt", grummelte Muj, nun schon leicht verstimmt.

„Dann solltest du vielleicht auch nicht denselben Stuss daherreden wie er, Engelchen."

Die Sache mit ihrer Mutter musste sie nervlich ganz schön drannehmen, dachte Muj, und es fiel ihm auf, dass sich seit seinem letzten Besuch tatsächlich ein paar weiße Strähnen in Lauras trotz ihrer fünfzig Jahre bis dato trotzig dunkelblondem Haar eingenistet hatten. Muj überkam ein Anflug von Mitgefühl mit seiner Frau, aber er hatte auch Mitleid mit sich selbst und bestellte eine dritte Karaffe Soave, der nun schon fast so schmeckte, als wäre er wirklich ein Welsch.

„Du hast schon Recht, Laura, was Berlusconi angeht“, versuchte Muj einzulenken. „Aber ich habe vielleicht auch ein bisschen Recht, was die Kids von Kindberg angeht. Manchmal denke ich mir, ich verstehe sie ganz gut. Schließlich habe ich ja tagtäglich mit ihnen zu tun. Und gerade weil ich täglich zu tun habe, bin ich mir auch fast sicher, dass Clown und seine Satanisten-Freunde uns auf eine falsche Fährte führen. Und dennoch – dennoch lässt mich diese Geschichte mit Evilprincess nicht los. Es war die einzige große Niederlage meines Berufslebens, und ich möchte diese Scharte auswetzen.“

Laura nickte verständnisvoll. „Ich habe mich ein Leben lang mit dem Schutz von Minderheiten beschäftigt, und natürlich weiß ich, dass Minderheiten nicht alleine schon deswegen positiv zu bewerten sind, weil sie in der Minderheit sind. Dennoch brauchen sie Schutz.“

„So gesehen sind natürlich auch die Satanskinder eine Minderheit“, sagte Muj nachdenklich.

„Die Geschichte hat uns leider gelehrt, dass man im Zweifelsfall immer den Minderheiten die Schuld gibt. Und sie lehrt uns auch, dass sie nur in den allerseltensten Fällen tatsächlich schuldig waren.“

„Die Kindberger Satanisten haben allerdings schon vier Todesopfer auf ihrem Konto“, entgegnete Muj. „Unschuldige, irregeleitete junge Menschen.“

Bevor Laura auf diesen Einwand antworten konnte, brachte Paolo die Costata alla brace auf einer ziemlich umfänglichen Holzplatte herbei.

„Da kann sich ja eine ganze Familie eine Woche lang davon ernähren“, sagte Laura und schlug vor Schreck die Hände zusammen.

„Du übertreibst“, widersprach Muj, milde und voller Vorfreude lächelnd, „das ist nur ein riesiger Knochen, an dem ein bisschen Fleisch hängt. Und du sagtest ja schon, dass ich ein Hund bin.“

Laura lächelte, sah Muj geduldig beim Abfitzeln seiner Costata zu, wusste es aber mit einem energischen Blick zu verhindern, dass Muj sich danach auch noch eine Portion von der Salame di Cioccolato bestellte, für die das La Pergola mit Recht gerühmt wurde.

Muj begleitete Laura nach Hause, wo Pippa im großen Schaukelstuhl eingeschlafen war und seine Schwiegermutter wie ein Rohrspatz auf den Sprecher der TV-Spätnachrichten einschimpfte, weil er ihrer Meinung nach nicht ordentlich frisiert war.

Zum Abschied übergab Muj seiner Frau feierlich die drei Klezmer-CDs, die ihr Mirjam aus Wien mitgeschickt hatte.

„Da ist ja auch noch eine DVD in deiner Tasche“, sagte Laura neugierig.

„Die ist nicht für dich, sondern für mich. Es handelt sich um eine Aufnahme aus den Anfangstagen der göttlichen Anna: ‚Ruslan und Ljudmila‘ aus der Mariinski-Oper in St. Petersburg.“

„Ach, du und deine Kutteln – und deine göttliche Anna!“, sagte Laura und strich ihm liebevoll durch das noch immer dichte, wenngleich schon etwas taubengraue Haupthaar, das Mujs ganzer Stolz war und von dem er einen großen Teil seines männlichen Selbstbewusstseins bezog. So einen dichten Haarschopf ohne auch nur den geringsten Anflug von Geheimratsecken hatte in seinem Alter keiner seiner Kollegen.

„Du bist ja nur eifersüchtig auf die göttliche Anna“, sagte Muj.

„Lächerlich“, widersprach Laura. „Ich sage ja nur, dass sie besser turnt, als sie singt. Und würdest du ihren wogenden Busen nicht auf DVD sehen, sondern nur ihre Stimme hören, würdest du mir sicher Recht geben.“

„Ich weiß auch, warum du eifersüchtig bist: Weil du weißt, dass die göttliche Anna, sobald sie am Bildschirm erscheint, mir ganz alleine gehört. Dich hingegen muss ich, sobald du auftauchst, mit deiner Mutter teilen.“

Laura hauchte ihm einen ihrer eher geschwisterlichen Küsse auf die Stirn, und sie verabschiedeten sich.

Muj ging die Viertelstunde zu Fuß hinüber zur Stazione und nahm noch einen Espresso in einer kleinen neonbeleuchteten Bahnhofsbar. Dann ging er auf den Perron und wartete auf den Zug aus Venezia Santa Lucia, wo er das Liegewagenabteil bezog, in dem außer ihm nur noch ein zweiter Gast schlief. Muj zog nur das Nötigste aus, ließ den Pyjama im Gepäck und legte sich einfach auf die ausklappbare Pritsche. Der Soave hatte seinen Kopf schwer gemacht, und er dachte vor dem Einschlafen nur noch kurz darüber nach, warum ein kleiner jenischer Rotzbub aus einer südburgenländischen Scherenschleiferfamilie ausgerechnet Polizist hatte werden müssen.

Vielleicht, dachte er, weil er, mit etwas Pech und einer anderen Frau als Laura, sonst womöglich selbst ein Gauner geworden wäre.

„Dicke Luft“, sagte Sylvia „das Weib“ Golubits, als Muj den Polizeiposten betrat.

„Ich rauche doch gar nicht, Frau Inspektorin.“

„Ist auch nicht nötig. Für die entsprechenden Rauchzeichen hat schon Ihr Kollege Grätenschleifer gesorgt, und man hat sie bis nach Graz hinunter wahrgenommen. Ich wusste übrigens noch gar nicht, dass Sie zum stellvertretenden Polizeipräsidenten befördert wurden.“

„So ein Unsinn. Wer hat denn das behauptet?“

„Der Herr Polizeipräsident. Er hat vor wenigen Minuten angerufen und gesagt, er möchte seinen Stellvertreter, den Herrn Muj, sprechen. Er bittet um dringenden Rückruf.“

Muj ließ eine verstörte Frau Golubits zurück und verschanzte sich in seinem Glasverschlag wie ein Eskimo in seinem Iglu. Es dauerte eine Weile, bis er den Mut fand, zum Hörer zu greifen. Und noch länger dauerte es, bis der Präsident geruhte, den nervös in der Warteschleife zappelnden Bezirksinspektor aus der kleinen Stadt Kindberg endlich zu erhören.

„Oh, der Herr Präsident“, sagte der Präsident launig, nachdem Muj sich zerknirscht gemeldet hatte.

„Ein Missverständnis, ein tragisches“, stammelte Muj.

„Nein, da muss ich Sie korrigieren, lieber Herr Kollege. Tragisch war das nicht. Ich habe mich königlich darüber amüsiert.“

„Ich wollte mich niemals als etwas ausgeben, das ...“

„Ich sagte ja schon, dass ich es nicht tragisch nehme, Muj“, erwiderte der Präsident, immer noch launig. Doch dann änderte er binnen eines Augenblicks völlig den Tonfall. „Sagen Sie, Muj, sind Sie eigentlich noch bei Trost oder haben Sie völlig den Verstand verloren?“

„Wie darf ich das verstehen, Herr Präsident?"

„Sie wollten endlich wieder einmal Ihre Frau sehen, Muj. Gut, dafür habe ich Verständnis. Und hätten Sie einen Urlaubstag eingereicht, ich hätte ihn trotz des brisanten Herzerlfresser-Falles selbstverständlich bewilligt. Sie haben einen Freund, der Geheimpolizist bei der Bahn ist und für Sie den Zug widerrechtlich anhalten lässt. Auch gut, da sind bei der geheimen Staatspolizei wahrlich schon schlimmere Pannen passiert. Aber wie um Himmels Willen können Sie sich in Gegenwart des Kindberger Fahrdienstleiters unwidersprochen als Herr Präsident anreden lassen? Wenn dieser Fahrdienstleiter noch dazu der Schwager Ihres guten Freundes Grätenschleifer ist ..."

„Ich wusste nicht ...."

„Nichts wissen Sie! Absolut nichts! Sie mögen ja neunundvierzig Fälle brillant gelöst haben, Muj, und ich schätze auch Ihren Scharfsinn, aber ich hätte Ihnen ehrlich gesagt mehr soziale Intelligenz zugetraut."

Muj schwieg.

„Muj, sagen Sie etwas. Muj!"

„Ich habe Ihren Worten nichts hinzuzufügen, Herr Präsident. Ich hätte mir, ehrlich gesagt, auch mehr soziale Intelligenz zugetraut. Allerdings wusste ich nicht, dass der Fahrdienstleiter Grätenschleifers Schwager ist. Und dass die beiden Schaffner mich aus blauem Himmel plötzlich als Präsident ansprachen, kam mir erst wirklich zu Bewusstsein, als der Zug schon abgefahren war."

„Ihre Ehrlichkeit ehrt Sie, Muj", lenkte der Präsident ein. „Aber können Sie sich vorstellen, wie es seither zwischen Bruck und Graz brodelt? Grätenschleifer macht nicht nur Ihnen die Hölle heiß, sondern auch mir. Er schwafelt die ganze Zeit von der Zusammenlegung der beiden Polizeibezirke Bruck und Mürzzuschlag. Grätenschleifer ist nämlich zu allem Überfluss auch

Kommunalpolitiker, Muj. Wussten Sie das? Noch dazu ein enger Parteifreund unseres Herrn Landeshauptmanns!"

„Darum habe ich mich ehrlich gesagt nie gekümmert, Herr Präsident. Aber dafür habe ich auf meiner Reise nach Mestre einige neue Details recherchiert, die dem Herzerlfresser-Fall eine völlig neue Dimension geben."

„Das ist jetzt zu spät, Muj. Den Fall sind Sie los. Das war das Mindeste, was ich Grätenschleifer konzedieren musste. Halten Sie sich zu seiner Verfügung, für den Fall, dass er Amtshilfe benötigt. Und vor allem: Sorgen Sie dafür, dass diese Satanisten wieder eingefangen werden, die Sie völlig fahrlässig und gegen jede ermittlungstechnische Vernunft laufen ließen. Haben Sie das verstanden, Muj?"

„Alles klar, Herr Präsident. Aber darf ich noch etwas zu meiner Rechtfertigung sagen?"

„Einen Satz noch, Muj, für einen zweiten fehlt mir die Geduld."

„Das letzte, was ich in meinem Leben angestrebt habe, war, Polizeipräsident zu werden oder auch nur dessen Stellvertreter."

„Seien Sie sich sicher, Muj, das werden Sie auch nicht mehr. Über Ihre Zukunft reden wir ein anderes Mal. Das wär's dann, Muj."

Muj wusste nicht warum, aber er genoss die Stille, die diesem Gespräch folgte, aus tiefstem Herzen.

***

„Gehen Sie spazieren", hatte Doc Kotschvar erst unlängst zu Muj gesagt. „Gehen Sie öfter spazieren, als Sie müssen. In Ihrem Job kann das doch nicht so schwer sein. Sagen Sie einfach, Sie ermitteln. Aber stecken Sie dabei die Virginier weg."

Der soeben angebrochene Arbeitstag hatte Muj gleich zwei gute Gründe geliefert, Doc Kotschvars gut gemeinten Vorschlag in die Tat umzusetzen. Zum einen war damit, dass der Polizeipräsident ihm den Fall entzogen hatte, ein unerwartetes Vakuum in seinen Arbeitsalltag eingekehrt, das es – nicht zuletzt im Interesse des Falles – produktiv zu nützen galt. Und außerdem war „das Weib“, nachdem es vergeblich versucht hatte, Muj Details über sein Telefonat mit dem Polizeipräsidenten zu entlocken, mit den Adressen herausgerückt, die sie auftragsgemäß recherchiert hatte. Immerhin lebten im Großraum Kindberg noch zwei Menschen, die auf den unauffälligen, aber doch schicksalsträchtigen Namen Reininger hörten.

Zu seiner Überraschung stellte Muj fest, dass das Gespräch mit dem Polizeipräsidenten in seinem Gemüt eher einen Anflug von Euphorie als von Beklemmung hinterlassen hatte. Er fühlte sich plötzlich frei und – trotz seiner 120 Kilo – leicht. Vor allem aber fühlte er sich uneingeengt von Raum und Zeit. Das war ein Gefühl, das er zum letzten Mal vor fast vier Jahrzehnten verspürt hatte, bevor er die Polizeischule zum ersten Mal betreten hatte.

Beschwingt, als hätte eine junge schöne Frau ihn zu einem verstohlenen Rendezvous gebeten, verließ Muj das Polizeirevier und ging am Backsteinbau des alten Elektrizitätswerks vorbei, in dessen ehemaliger Turbinenhalle sich jetzt ein Fitnessstudio befand, aus dem ein paar Sportsleute mit Nordic-Walking-Stöcken kamen.

„Ski Heil!“, grüßte Muj.

Keiner von ihnen grüßte zurück.

„Kein Humor, diese Sportsleute“, dachte Muj vergnügt und spazierte hinüber in die Knochensiedlung, wo er sich – er hatte ja Zeit – zunächst einmal einen Kaffee aus der Espressomaschine ließ, den er in aller Gemächlichkeit am Balkon trank, während er sich entgegen Doc Kotschvars Rat auch heute wieder seine Morgenvirginier ansteckte und die Göttliche aus dem CD-Player ein hinreißendes „Casta diva“ aus Bellinis „Norma“ schmettern ließ.

Von seinem Balkon aus konnte Muj ganz Kindberg sehen. Es lag zwischen Mürz, Autobahn und Südbahnstrang wie ein Pappmascheedorf in einer Märklinlandschaft. Der Kirchturm und der weltberühmte Zunftbaum wirkten im vom durchbrechenden Sonnenlicht zerzausten Hochnebel wie aquarelliert, und auch das Mürzwasser sah aus wie mit Wasserfarben gemalt. Muj beobachte das Fleckvieh, das im Kranzbauernviertel gegenüber von Gatter zu Gatter trabte.

Muj ließ seinen Blick über die drei alten, auf den Meter gleich hohen Kultbergen – den Kalvarienberg, den Georgiberg und den Schlossberg – schweifen, die, wie ihm Professor Gehbacher einmal erklärt hatte, miteinander ein gleichschenkeliges Dreieck bildeten. Die wenigsten in Kindberg wussten das, doch die, die es wussten, waren sich darüber einig, dass es sich dabei um keinen Zufall handeln konnte. Muj versuchte aus diesem Dreieck im Geiste ein Pentagramm zu formen, das sich bis hinauf zum Herzerlfressermarterl und der Herzerlfresserhöhle verfolgen ließ.

Doch dann ärgerte Muj sich über sich selbst. Er glaubte an die Existenz von Satanismus, musste wohl daran glauben. Aber an Magie glaubte er beleibe nicht, es sei denn an jene der Jahreszeiten, die zu seinen Füßen kaum zu übersehen war.

Innerhalb der knappen Woche, die seit dem grauenvollen Mord an Leopold Gober verstrichen war, hatten sich die Modefarben des Kindberger Umlands wie von Zauberhand von jagdlichem Grün in erdiges Ocker verwandelt. Der Spätsommer war zum Herbst und die Frucht zur Ernte geworden.

Muj griff, wie immer, wenn ihm der Sinn nach Aufbruch stand, zu seinem eleganten Spazierstock mit dem glatten, aber punzierten Silbergriff, der das edelste und teuerste Stück aus einer Sammlung war, die er vor Jahren einmal begonnen, aber nur recht halbherzig weitergeführt hatte. In einer bunt bemalten Milchkanne unter der Garderobe steckten noch zwei weitere, nicht ganz so edle, aber dafür originellere Spazierstöcke, deren Griffe nur verzinkt waren. Einer stellte einen Entenkopf und der andere eine Tabakspfeife dar. Als Muj jedoch festgestellt hatte, dass er zuletzt ja doch immer nur nach dem Silberstock griff, hatte er zu sammeln aufgehört.

Muj verließ seine Wohnung in der Knochensiedlung und spazierte die Mürz entlang. Da es noch relativ früh am Morgen war, dampften die Wiesen noch vor sich hin, und auch die Schollen der abgeernteten Erdäpfeläcker schienen in einem riesigen Schmortopf aus Landschaft zu schmurgeln.

Mujs erstes Ziel war eine alte, mürzaufwärts schon fast im benachbarten Wartberg gelegene Mühle, deren Besitzer, wie Sylvia Golubits herausgefunden hatte, Coelestin Reininger hieß.

Muj betrat das Anwesen durch einen Rundbogen, an dem sich die letzten, allmählich schon verblühenden gelben Rosen des Jahres emporrankten. Er durchquerte einen großen Obstgarten von trotz der fortgeschrittenen Jahreszeit noch immer üppiger Fruchtfülle.

Die Mürz, an deren Ufer dieser Garten und das alte Steingebäude dahinter lagen, bewegte sich in diesem aufgestauten Abschnitt mit seimiger Trägheit bis knapp an den Rand des absoluten Stillstands und wirkte daher eher wie ein großer Teich als wie ein Fluss. Heute trug sie ein fast undurchsichtiges Dunkelbraun und war von abgestorbenem Blattwerk bedeckt.

Muj spazierte das Flussufer entlang durch den dichten Obstgarten, bis dieser, knapp vor dem Eingang zur Mühle, in eine seltsame Holzkonstruktion mündete, die eher auf einen Jahrmarkt als in dieses lauschige Flussidyll gepasst hätte. „Parapluie-Bar“ stand in Brandmalerei auf einem Holzschild, das an zwei Hanfkordeln vom Dach des hölzernen Salettls baumelte. Das Dach war wie ein Pilzkopf gewölbt, und darunter befand sich eine kleine Schank, in die ein Zapfhahn eingelassen war. Daneben kündete ein kohlegeschwärzter Grillrost von häufigen Gartenfesten im Licht der vielen bunten Glühbirnen, von denen der Pilzkopf gesäumt war. Während Muj darüber nachdachte, wie wohl der Zeremonienmeister dieser Feste aussehen würde, schob sich aus dem Mühleneingang fast lautlos ein Rollstuhl hervor, auf dem ein breitschultriger Mann saß, der mit seinem weiß-blau gestreiften Ruderlaibchen mit seinem grauen Stachelbart wie ein alter Seebär aussah. Er begrüßte Muj mit einem listig-munteren Lächeln.

„Wollen Sie sich in meiner Parapluie-Bar unterstellen?“

„Es regnet ja nicht, und außerdem sieht Ihre Bar weniger wie ein Regenschirm als wie ein Schwammerl aus.“

„Das haben mir schon viele gesagt, und ich hatte auch schon ein Schild anfertigen lassen, auf dem Schwammerl-Bar steht. Aber zuletzt wollte ich dann halt doch authentisch bleiben.“

„Authentisch, wieso?“

„Das Meisterwerk, vor dem Sie stehen, ist nicht mehr und nicht weniger als die alte Parapluie-Warte, die früher hoch über Kindberg auf der Schönen Aussicht stand und ein beliebtes Wanderziel war. Nach dem Krieg wurde sie dann abgetragen, und ich habe die morschen Bretter gekauft, renoviert und wieder zusammengesetzt.“

Muj musterte ihn. „Sie sind Coelestin Reininger?“, fragte er und konnte seine leichte Verdutztheit nur schwerlich verbergen.

„Damals war ich noch gesund. Da habe ich auch die alte Mühle neu aufgebaut, aus der ich gerade komme. Sie ist heute noch funktionstüchtig.“

„Aber Sie mahlen nicht mehr?“

„Doch, doch. Aber seit ich mit dem rechten Bein ins Mahlwerk gekommen bin, mahle ich nur noch für den Hausgebrauch, und für ein paar Grazer Bioläden. Nur Roggen- und Dinkelmehl. Wenn man schon behindert ist, sollte man wenigstens gesund essen, oder?“

„Da haben Sie Recht.“

„Und vor allem gut trinken. Möchten Sie einen Schnaps? Kriecherln, Zwetschken, Gravensteiner, Kaiserholzbirne, Schlehe, Quitte. Sie haben die Wahl. Ist alles selbstgebrannt. Die Brennerei habe ich mir allerdings erst nach meinem Unfall eingerichtet.“

„Und wer hilft Ihnen dabei?“

„Keiner. Bis auf ein paar Kinder aus der Umgebung, denen ich ein kleines Taschengeld zahle. Also, was wollen Sie trinken?“

„Eigentlich ...“

„Nehmen Sie die Quitte. Sie ist mein ganzer Stolz.“

Noch ehe Muj ablehnen konnte, hielt er bereits ein Schnapsglas in der Hand, das Reininger großzügig „für Erwachsene“ eingeschenkt hatte. Muj nippte und hatte tatsächlich das Gefühl, in eine frische, duftende Frucht zu beißen.

„Kommen Sie mit, ich zeige Ihnen was!“, forderte Reininger ihn auf, nachdem Muj sein Glas schneller, als er wollte, geleert hatte. Mit einer eleganten Pirouette drehte Reininger seinen Stuhl und fuhr durch die steinerne Pforte in die alte Mühle hinein. Auf der rechten Seite blitzte eine kupferne Brennblase, auf der Linken tuckerte das Mahlwerk, in das Reininger erstaunlich behende einen Sack Getreide nachschüttete.

Genau in der Mitte zwischen Mühle und Brennerei stand auf einem Holztisch unter einem Glassturz ein Modell, das aussah, als hätte ein Gartenarchitekt es angefertigt.

„Sehen Sie her, das ist mein nächstes großes Projekt", sagte Coelestin Reininger. Das Modell zeigte eine maßstabgetreue Nachbildung des Reininger'schen Obstgartens, über den eine bizarre Brückenlandschaft führte.

„Das habe ich selbst entworfen und vorerst einmal als Modell gebaut. Der Steg, den Sie da sehen, ist wie eine kleine Hochschaubahn angelegt und wird, wenn er einmal fertig ist, alle Baumkronen für mich mit dem Rollstuhl befahrbar machen. So kann ich im Frühling durch ein blühendes Land fahren und die Früchte im Herbst selbst ernten. Was sagen Sie dazu?"

„Das klingt wie ein schönes Gedicht", sagte Muj. „Aber wird sich das auch umsetzen lassen?"

„Lassen Sie das nur meine Sorge sein. Wenn einem so ein Schicksalsschlag passiert ist wie mir, dann geht entweder gar nichts mehr – oder es geht wieder alles."

So zuversichtlich, wie Reininger bei diesen Worten lächelte, so überzeugt war Muj plötzlich davon, dass er es schaffen würde, seinen Traum wahr zu machen.

„Stammen Sie eigentlich aus der Gegend?", fragte Muj unvermittelt.

Reininger machte einen Eindruck, als fühlte er sich plötzlich ertappt.

„Sie haben ein gutes Gespür für Dialekte, mein Herr. Und ich dachte schon, ich spräche akzentfreies Stoansteirisch. Aber Sie haben Recht. Meine Familie ist aus Siebenbürgen zugewandert."

„Machen Sie sich nichts draus", erwiderte Muj. „Ich bin auch kein Hiesiger. Ich bin ein Jenischer aus dem

Südburgenland, den es beruflich nach Kindberg verschlagen hat. Mein Name ist Muj. Muj bedeutet auf Jenisch soviel wie Mund."

„Ein schöner Name", erwiderte Coelestin Reininger. „Vor allem für jemanden, der gerne trinkt. Sie trinken doch gerne? Los, nehmen Sie noch eine Quitte. Oder lieber eine Schlehe?"

„Nein danke, ich bin im Dienst. Ich bin Polizist."

„Tatsächlich. So wie Sie auf mich wirken, dachte ich, Sie seien schon in Pension."

Muj stockte einen Augenblick lang der Atem.

„Darf ich Ihnen dann wenigstens ein Säckchen Roggenmehl mitgeben?"

„Sehr lieb, aber seit meine Frau ihre Mutter in Mestre pflegt, bin ich Strohwitwer und ernähre mich privat eigentlich nur von Soletti und Flecksuppe, die ich an der Tankstelle kaufe. Backen kann ich leider überhaupt nicht."

„Flecksuppe?" Reininger schüttelte verständnislos den Kopf. „Da brauchen Sie auf jeden Fall einen Schnaps. Warten Sie, ich gebe Ihnen ein Fläschchen mit. Wenn Sie dann außer Dienst sind ..."

Nach mehreren Abwehrversuchen ließ Muj sich eine halbe Flasche Zwetschkenschnaps aufdrängen und in die geräumige Tasche seines Burberry-Mantels gleiten. Nein, dieser Vertreter des Namens Reininger würde ihn möglicherweise zu einem gewaltigen Rausch, aber keinesfalls zum Täter führen.

Blieb als letzte, wenngleich ziemlich vage Hoffnung noch Frau Jasmine Reininger, die, wie Sylvia Golubits recherchiert hatte, zwar drüben in der Stanz wohnte, aber in der Kindberger Bäckerei Pesl arbeitete.

***

Max Tannenblat nützte die vierundzwanzig Stunden Freizeit, die er zwischen zwei Stradivari-Zügen hatte, um das Versprechen, das er seinem Freund Muj gegeben hatte, einzulösen. Er nahm sich ein Taxi in die Myrthengasse im achten Bezirk, eine schmale, etwas abgelegene Seitengasse, die heute fast noch so aussah wie um die Jahrhundertwende. Außer einem Youth Hostel und einem Büro der Arbeitsmarktverwaltung schien die Gegenwart hier noch nicht wirklich Einzug gehalten zu haben. Abgesehen von einem Tramper, der einsam auf seinem Rucksack vor der Jugendherberge saß, war die Gasse menschenleer. Und da auch der Tag schon langsam zur Neige ging, kam sich Tannenblat in seinem Kaftan fast wie Gustav Meyrinks schauriger Golem vor, der durch das im Dämmerlicht liegende Prag streifte.

Das Haus in der Myrthengasse 6 verriet von außen nichts über seine Einwohner. Aus dem Hinterhof fiel jedoch ein Lichtschein, der Tannenblat zu einem kleinen Hofladen führte, über dem wie ein altes Zunftzeichen ein kitschiges Drachen-Pentagramm von einer Eisenstange herunterhing. Darunter war eine kleine Auslage mit vielen Amuletten, Räucherwerk, Runen und allerlei esoterischer Literatur von Eliphas Lévi bis zu Abdul Alhazreds Necronomicon sowie unterschiedlichen Ausgaben der Bücher Mosis und Einführungen in die kabbalistische Magie und die tantrische Liebeskunst. Was wohl Tannenblats Rabbiner über diese Auswahl denken würde? Max beschloss, ihm lieber nicht zu berichten, in welche esoterischen Untiefen er sich da hinabgewagt hatte.

Das Geisterhaus in der Myrthengasse benötigte dringend eine Reperatur. Die elektrischen Leitungen ergossen sich wie Gedärme aus dem feuchten, rissigen Mauerwerk, das seine Nacktheit nur durch gelegentlichen Veitschi-Bewuchs schamhaft verhüllte.

Tannenblat trat ein. Es duftete nach Moschus, Weihrauch und Ambra, vor allem aber roch es nach Moder. Eine auf existenzialistisch geschminkte Frau, die auszusehen versuchte wie die junge Juliette Gréco, fiel Tannenblat vor allem durch den dunkelroten Lippenstift auf der bleichen Gesichtshaut auf, die durch ihre nachtschwarze Kleidung noch ein wenig bleicher wirkte.

Die Frau erschrak sichtlich angesichts von Tannenblats Aufzug. „Kann es sein, dass Sie sich geirrt haben?“, fragte sie zögerlich und mit einer leisen Fistelstimme. „Wir verkaufen hier keine Judaica. Wir sind ein Esoterik-Geschäft.“

„Das habe ich schon verstanden“, erwiderte Max, der sich über die Angst, die man mit einem simplen Kaftan und einem Strejmel-Hut mitten in Wien verbreiten konnte, königlich amüsierte. „Aber ich suche ein Spiel, das es hier geben soll.“

„Ein Spiel?“, fragte die Frau mit den schmalen, blutroten Lippen ängstlich. „Wir verkaufen hier keine Spiele.“

„Doch, doch, es geht um ein Computerspiel, bei dem junge Leute etwas über die Kabbala lernen können.“

„Wir führen mit Sicherheit kein solches ... Computerspiel“, entgegnete die Verkäuferin. „Wir führen eher – Amulette. Möchten Sie ein Amulett? Wir haben hauptsächlich keltische Amulette, aber wir führen auch eines aus dem Sepher Jezirah. Wir nennen es das Salomon-Amulett. Es ist handgefertigt und besteht aus Sterlingsilber.“

Ihre Stimme zitterte. Max Tannenblat ließ seinen Blick über den kleinen, finsteren Raum schweifen und bemerkte, dass an seiner Rückseite eine Tür halboffen stand, hinter der noch Licht war und jemand an einem PC arbeitete.

„Nein danke“, erwiderte Max, „ich interessiere mich nicht für kabbalistische Amulette. Es geht mir um dieses Spiel, um dieses Computerspiel.“

„Ich sagte doch schon, wir führen keine Computerspiele“, sagte die schwarze Dame, diesmal mit etwas festerer Stimme.

Tannenblat zog einen zerknitterten Zettel aus seinem Kaftan und las laut vor, was darauf stand: „Magic Melmoth, Myrthengasse 6, 1070 Wien, das ist doch hier? Oder sollte ich mich in der Adresse geirrt haben?“

„Nein, da haben Sie sich nicht geirrt. Das ist unsere Adresse.“

„Es hätte mich auch gewundert. Itzhak und Rachel sind verlässlich. Sie müssen wissen, Itzhak und Rachel sind mein Neffe und meine Nichte. Sie haben mit erzählt, dass sie dieses Computerspiel über die Kabbala hier erstanden haben. Und es ist erstaunlich, was die beiden wissen, seit sie damit spielen. Sie haben den Midrasch im kleinen Finger, wenn Sie verstehen, was ich meine. Und sie können selbst unserem Rabbiner etwas über En Sof und Gilgul erzählen. Das Spiel muss großartig sein. Ich möchte es auch für meine eigenen Kinder erstehen.“

„Ich kann mich nicht erinnern, bei Magic Melmoth jemals ein Computerspiel verkauft zu haben, wir spezialisieren uns hier auf ...“

„... Amulette, ich weiß. Und ein bisschen auch auf Satanismus, stimmt’s?“

„Wir beschäftigen uns mit dem Bösen, ja, wie wir uns auch mit dem Guten beschäftigen. Magie kann schwarz und sie kann weiß sein.“

„Vielleicht hilft Ihnen ein bisschen weiße Magie, um mein Computerspiel zu finden. Sie haben doch sicher ein Lager?“

„Ich könnte nachschauen.“

„Tun Sie das.“

„Aber ich kann Ihnen keine Hoffnungen machen.“

„Ich werde damit leben.“

Die schwarze Dame verschwand, und Max blieb alleine zurück. Der Türspalt zum Büro war noch immer offen. Der Mann, dessen langen Schatten Tannenblat an der Wand herumtanzen sah, führte gerade ein Telefongespräch.

„Nein, nächste Woche, da geht bei mir überhaupt nichts. Da bin ich voll terminisiert. ... Nein, ich kann unmöglich etwas einschieben, tut mir leid." Seine Stimme klang eher, als käme sie aus einer Vorstandsetage als aus den Tiefen des Höllenschlunds. „Ich verstehe, dass es Ihnen wichtig ist, aber vor November ist keine Chance. Ich stehe gerade vor einer Tournee in den Süden. Nächste Woche habe ich ein paar Shemhamphorasch-Seminare in der Steiermark und danach einen Aleister-Crowley-Kurs in Ljubljana. ... Ja, wir beginnen morgen Abend am Anninger, machen übermorgen in Kindberg Station, dann sind wir in Peggau und zuletzt fahren wir dann in den slowenischen Karst. ... Dort gibt's die schönsten Höhlen, ja, ja ... Da haben Sie völlig Recht. So schöne Höhlen wie im Karst gibt es selten."

Max hatte genug gehört. Er wartete nicht auf die Rückkehr der Lady in Black und verließ den Laden. Draußen im Hof fiel ihm auf, dass jemand eine schwarze Mercedes-Limousine geparkt hatte. Die Heckscheiben waren mit dem Drachen-Logo und einem Magic-Melmoth-Schriftzug drapiert.

Max schaute auf seine Uhr. Es war später geworden, als er erwartet hatte. Mirjam würde ungehalten sein. Sie wartete zu Hause mit einem frisch gebackenen Lokschenkigel auf ihn.

***

Mujs Nasenflügel vibrierten. Hinter dem Zunftbaum stieg eine kleine Rauchsäule auf, die die weltbekannt würzige Kindberger Luft noch ein wenig würziger machte. Um die Rauchsäule, die vom Café Little Europe her aufstieg, scharte sich eine immer größer werdende Menschentraube. Muj spitzte die Ohren, doch nichts, absolut nichts deutete auf einen nahenden Einsatz der Freiwilligen Feuerwehr hin.

So viele Menschen drängelten sich mittlerweile vor dem Little Europe, dass Muj beschloss, sich nicht wie jeder andere gute Staatsbürger mühsam hindurchzuschlängeln, sondern außerhalb des Stahlgeländers vorbeizugehen, das den Gehsteig an dieser vielbefahrenen Kreuzung von der Kindberger Ausfahrtstraße abtrennte.

Nein, es brannte nicht im Café Little Europe, stellte Muj beruhigt fest, der Rauch stieg vielmehr vom Trottoir auf.

Ein Auto bremste nur einen halben Meter hinter Muj. Der Fahrer stieg aus, und Muj hörte eine vertraute Stimme.

„Das ist ja lebensgefährlich, was du da treibst, mein König, noch dazu bei dem Verkehr."

„Der Verkehr gehorcht in Kindberg mir, und nicht ich dem Verkehr, mein Prinz", erwiderte Muj und stolzierte beschwingten Schrittes das Geländer entlang, während ein Lieferwagen hinter Eisenherzs ziemlich gesetzeswidrig geparktem Taxi um Haaresbreite einen Auffahrunfall verursacht hätte.

„Was ist denn da heute los in Klein-Europa?", rief Muj über etliche Passantenköpfe hinweg Eisenherz zu. Doch der war bereits hinter seinem Volant verschwunden und versuchte sein Fahrzeug in sicherere Gefilde zu manövrieren.

„Der Sturm ist los, Herr Kommissar!", rief ihm Edi, der Wirt des Little Europe, von jenseits des Geländers her zu. „Schilcherland zu Gast in Kindberg. Darf ich Ihnen ein Gläschen Schilchersturm einschenken?"

„Bevor ich mich schlagen lasse, warum nicht", antwortete Muj.

„Dann müssen Sie aber übers Geländer klettern, Herr Kommissar!“

„Mach ich doch glatt“, rief Muj vergnügt und startete einen mutigen, wenngleich fruchtlosen Versuch, seine 120 Kilo wie bei einem Felgaufschwung über die Planken zu wuchten. Dann zog er es doch vor, die 20 Meter neben hupenden Autos die Straße entlang zu gehen und sich von dort durchs Menschengewühl wieder zurück in Richtung Rauchsäule zu schlängeln.

„Ich hab Ihnen sogar noch ein Plätzchen reserviert, wo Sie Ihren Sturm in Ruhe trinken können“, sagte Edi und stellte ein Pressglas auf seinen Tisch, in dem es zwiebelfarben perlte. „Ein paar Maroni dazu, vom Holzkohlenrost?“

„Ach das ist es, was hier so qualmt“, erwiderte Muj und hielt sich die Nase zu. „Habt ihr keine Flecksuppe? Ich bin doch kein Eichhörnchen.“

„Nein, heute gibt's nur gebratene Maroni, davon allerdings ziemlich viele.“

„Man riecht's.“

Während Edi Kommissar Muj eine Pappschachtel davon auf den Tisch schob, tauchte auch Eisenherz wieder auf.

„Du lebst ganz schön gefährlich, mein König“, sagte er mit gerunzelter Stirn.

„Du wirst auch gleich gefährlich leben, mein Prinz. Denn du musst diese verkohlten Waldfrüchte aufessen. Ich krieg die nicht runter. Dafür lade ich dich auf ein Viertel Schilchersturm ein.“

„Ich bin im Dienst, mein König!“

„Aber doch nicht mit 0,0 Promille. Der Schilchersturm macht einen zwar etwas wirr im Kopf, aber er trinkt sich wie die reinste Limonade.“

Eisenherz winkte dennoch ab, als Edi ihm auch ein Krügel davon antrug, und bestellte stattdessen Mineralwasser. Dafür schnabulierte er das Dutzend Maroni aus dem Pappkarton mit einer Geschwindigkeit, als ob er tatsächlich ein Eichhörnchen wäre.

„Was macht der Herzerlfresser-Fall, mein König?"

„Den hat sich nun doch der Grätenschleifer gekrallt, der alte Ehrgeizling. Seither bin ich arbeitslos. Drum trifft sich das auch ganz gut mit der Schilcherlandjause."

„Noch ein paar Maroni?", fragte Edi.

„Warum nicht?", erwiderte Eisenherz. „Vielleicht mit ein bisschen frischer Butter dazu. Dann rutschen sie besser."

Muj spürte, wie das Handy in seiner Rocktasche zu vibrieren begann. Gehört hätte er es nicht.

„Ja, Muj. ... Was? Wer sind Sie? Sie müssen lauter sprechen. Ich bin hier mitten in einem – Tumult ... Ach, du bist's, Max ... Ich versteh dich so schlecht ... Was ist mit Magic Melmoth? ... Warst du dort? ... Was meinst du mit Paintball für Esoteriker? ... Höhlen? Welche Höhlen? Kannst du dich nicht klarer ausdrücken ... Ach, morgen schon. ... Und bist du dir sicher? ... Tantrischer Gruppensex, wie soll ich das verstehen? ... Harmlos, wieso harmlos? ... Na, wie du meinst ... ich danke dir jedenfalls dafür. Grüß mir Mirjam. ... Ja, ich werd's ausrichten, aber so schnell seh ich Laura nicht ... tschüß dann!"

„Nachrichten aus dem Zauberwald?", fragte Eisenherz neugierig und schob sich eine von den Edelkastanien zwischen die Lippen, die Edi mittlerweile, nebst einer Extraportion Butter, serviert hatte.

„Ach, nichts! Max hat sich diesen Magic Melmoth in Wien angeschaut. Ich hab aber nicht wirklich verstanden, was er sagte. Ich muss ihn nachher noch einmal anrufen. Irgendwo, wo es ruhiger ist."

„Klang doch ganz aufregend. Tantrischer Gruppensex, den möchte ich auch einmal haben."

„Was du dir wieder zusammendividierst. Aber da du schon hier bist: Kannst du dir einen Reim auf das da machen? Das hat mir Professor Gehbacher vorbeigebracht." Muj zog die Kopie des Gedichts aus dem Kindberger Gemeindearchiv aus der Tasche.

Eisenherz warf einen Blick darauf und begann laut vorzulesen: *„Schiebst nicht dein Brüsterl raus, reiß ich dir's Herzerl aus.* Klingt irgendwie nicht wirklich nach tantrischem Gruppensex. Eher schon nach einem schlechten Text vom Herzerlfresser-Duo."

„Wer kann so etwas geschrieben haben, und zwar schon vor ziemlich langer Zeit? Gezeichnet ist es mit H.G."

„H.G. wie Herfried Gehbacher. Hat mich einmal in Latein durchfallen lassen, der verklemmte alte Romantiker. Gut möglich, dass er es selbst geschrieben hat. Ich trau dem sogar zu, dass er kleine Kinder frisst, und große schon gar."

„War nicht ganz nach deinem Geschmack, der Lateinunterricht, was, mein Prinz?", sagte Muj milde lächelnd.

„Das Gedicht ist es, halten zu Gnaden, auch nicht, mein König", erwiderte Eisenherz, der dabei allerdings gar nicht lächelte.

Zwei Gläser Schilchersturm später und immer noch von zartem Quittenduft umwölkt, kehrte Muj spätnachmittags ins Kindberger Polizeirevier zurück. Alle Dienstposten waren – was selten vorkam – besetzt. Und Sylvia „das Weib" Golubits saß aufrecht und starr hinter ihrem PC, als wäre sie zu einer Salzsäule erstarrt.

Eisiges Schweigen herrschte im Raum, als Muj zu einem leutseligen „Grüß Gott" anhob, das aber augenblicklich erstarb, als Golubits für einen Augenblick aus ihrer Erstarrung erwachte und mit dem rechten Zeigefinger auf Mujs Schreibtisch in seinem Glaskabäuschen deutete. Dort hatte, breit und behäbig, Ignaz Grätenschleifer Platz genommen und es sich, nach der geöffneten Red-Bull-Dose zu urteilen, die neben ihm stand, schon spürbar komfortabel gemacht.

Mujs innerer Blutdruckmesser zeigte in Sekundenschnelle 200 plus an, und er wünschte, er hätte einen von den Adalat-Kapseln bei sich gehabt, die ihm Doc Kotschvar erst unlängst genau für einen solchen Fall verschrieben hatte.

Was Mujs Blut noch mehr zum Kochen brachte als die Tatsache, dass Grätenschleifer sein Büro besetzt hielt wie ein feindlicher Feldherr, war die Red-Bull-Dose auf seinem Schreibtisch. Muj riss die Glastür auf und sagte, ohne Grätenschleifer eines Grußes zu würdigen: „Hier sitzt kein Red Bull. Hier sitzt der Muj."

„Wenn's dich so stört, kann ich die Dose ja wegstellen", sagte Grätenschleifer und machte Anstalten, sie in einem der Hängeschränke zu verstauen.

„Grätenschleifer, was tust du hier?", fragte Muj, dem das Pathos, das er bei dieser Frage entwickelte, selbst ein wenig zuwider war.

„Ich arbeite mich in den Fall ein, den mir der Herr Polizeipräsident heute übergeben hat. Übrigens mit ausdrücklicher Zustimmung des Herrn Landeshauptmanns, wenn ich das noch hinzufügen darf."

„So ist das also", sagte Muj und riss Grätenschleifer die Red-Bull-Dose, die dieser noch immer umklammert hielt, mit einem kräftigen Ruck aus der Hand. Dann machte er auf dem Absatz kehrt, ging zu Sylvia Golubits hinüber und knallte ihr die Dose auf den Tisch, dass es spritzte. „Räumen Sie das weg, Frau Inspektorin", brüllte er. „Rote Bullen haben auf dieser Polizeistation ebenso wenig verloren wie schwarze Schafe."

Grätenschleifer, der aufgestanden war und in der halb geöffneten Glastür stand, musterte Muj von Kopf bis Fuß. „Das schwarze Schaf bist dann ja wohl du."

Muj griff erneut nach der Red-Bull-Dose, die Sylvia Golubits gerade vor seinem Zorn in Sicherheit bringen wollte. Doch es war zu spät. Muj entriss ihr das Corpus Delicti und knallte es mit einer solchen Wucht auf den Boden, dass sich ihr klebriger Saft wie ein Urinfleck auf dem Boden verbreitete.

„Jetzt dreh nicht völlig durch, Muj, du hast in den letzten Tagen genug Unfug gestiftet. Du kannst ja schon wieder in dein Büro rein. Ich weiß, was ich wissen musste."

„So. Da bin ich aber gespannt, was das ist", erwiderte Muj angriffslustig.

Doch Grätenschleifer nahm den hingeworfenen Fehdehandschuh nicht auf, sondern sagte, fast ein wenig amüsiert: „Du wirst es noch rechtzeitig erfahren. Marschier ruhig wieder rein in dein Kabäuschen und geh in dich. Ich werden inzwischen versuchen, mein Red Bull ausnahmsweise nicht zu trinken, sondern hindurchzuschwimmen."

Sylvia Golubits, die sich nicht recht sicher zu sein schien, wer von den beiden Streithähnen nun ihr künftiger Chef sein würde, nahm Grätenschleifers Bemerkung als Auftrag, den Fleck zu entfernen, verschwand in der Besenkammer und kehrte mit einem Wischer wieder zurück.

„Geht schon, Frau Kollegin“, sage Grätenschleifer und watete durch den Red-Bull-See dem Eingang zu.

„Grätenschleifer!“, rief ihm Muj nach.

„Ja, ist noch was, Muj?“

„Der Herr Polizeipräsident hat mich beauftragt, dir bei Bedarf Amtshilfe zu leisten.“ Etwas in Mujs Tonfall hatte sich plötzlich geändert. Nach seinem emotionalen Ausbruch sprach er nunmehr geschmeidig wie ein Wolf, der Kreide gefressen hat.

„Ich komme auf dich zu, wenn es mir nötig scheint“, brummte Grätenschleifer, eilig zum Ausgang strebend.

„Ich hätte da noch etwas für dich. Ein Beweisstück, das in den Ermittlungsprotokollen noch nicht aufscheint. Wärst du nicht gerade an meinem Schreibtisch gesessen, wäre es jetzt schon registriert.“ Muj reichte ihm über den Rücken der wischenden Sylvia Golubits hinweg das Kärtchen mit Magic Melmoths Wiener Adresse. „Solltest du dir ansehen, mein Lieber. Habe ich in der Herzerlfresserhöhle gefunden. Und noch was: Der Mann fährt eine lange schwarze Limousine und ist gerade im Anrollen. Morgen soll in der Höhle nämlich eine wilde Satansfete steigen.“

„Und das sagst du mir erst jetzt?“

„Du hast mich ja nicht danach gefragt.“

„Danke“, sagte Grätenschleifer und verließ türknallend das Kindberger Polizeirevier.

„Was halten Sie davon, Frau Inspektorin?“, fragte Muj Sylvia Golubits, die gerade die letzten Reste der bulligen Bescherung aufwischte. Die anderen Polizisten im Raum sahen ihr dabei zu und machten keine Anstalten, sich nützlich zu machen. Auch Muj nicht.

„Es steht mir ja nicht zu, Sie zu kritisieren, Herr Kommissar“, sagte sie. „Aber ich weiß nicht, ob es sehr klug war, sich mit Herrn Grätenschleifer so anzulegen. Er hat beste Beziehungen nach Graz. Und als Sie nicht da waren, hat er dauernd von Frühpensionierung geredet.“

Muj lächelte nach innen.

„Mag sein, Frau Inspektorin, mag sein. Vielleicht ist Grätenschleifer ja auch allmählich amtsmüde.“

***

Prinz Eisenherz hatte Nachtdienst, aber es war nicht viel los zwischen Wartberg und St. Lorenzen. Der leuchtende Herbsttag war am Abend von einem Landregen überspült worden. Der Himmel öffnete seine Schleusen, und wer nicht unbedingt hinaus musste, der blieb zuhause. Entsprechend stumm blieb Eisenherzs Handy.

Es war schon kurz nach Mitternacht, als er an Panthers gelbe Rillenglastür klopfte, hinter der zwar noch Licht brannte, die aber – was um diese Zeit selten vorkam – bereits versperrt war.

Panther drehte zweimal den Schlüssel um.

„Ach du bist's. Kommst noch auf einen Drink rein?“

„Auf einen Kaffee. Oder besser auf einen Tee. Es ist saukalt draußen, und ich kann ja nicht dauernd den Motor laufen lassen, nur damit's warm wird. Was das Geschäft betrifft, ist heute absolut tote Hose.“

„Ich glaube, du brauchst einen Tee, so wie du bibberst. Russisch oder Kamille?“

„Russisch. Mir ist ja nicht schlecht. Trotzdem brauch ich zunächst einmal ein stilles Örtchen.“

Eisenherz ging den Gang entlang und die Kellerstiegen hinab zur Toilette, die jedoch besetzt war. Er wartete geduldig. Doch in Situationen wie dieser hat jede Geduld einmal ein Ende. Eisenherz ging die Stiegen wieder zurück.

„Sag einmal, Panther, wer sitzt denn bei dir um diese Zeit so lang am Häusl? Hast du Gäste?“

Panther strich sich verlegen über seinen Scheitel. „Tja“, sagte er mit einem vielsagenden Lächeln.

„Ich verstehe, eine neue Flamme. Warum hast du das nicht gleich gesagt? Dann hätte ich nicht gestört.“

„Nein, keine neue Flamme.“ Panthers Miene wurde wieder ernst. Er ging ein paar Schritte vor und rief ins Stiegenhaus hinab: „Kannst raufkommen, die Luft ist rein!“

Das Klotürschloss schnalzte, und die Treppe herauf kam Clown.

„Ich habe ihm gesagt, er kann sich bei mir im Fernfahrerkammerl verstecken, bis alles vorbei ist. Die arme Sau. Seit Muj in Mestre war, hat ihn die Polizei wie ein wildes Tier gehetzt. Dabei kann er's doch gar nicht gewesen sein. Ich bin Zeuge.“

„Andere werden das vermutlich anders sehen.“

„Willst auch einen Tee, Clown?“, fragte Panther Fürnschitz. „Und vielleicht einen Schinken-Käse-Toast. Du hast heute den ganzen Tag nichts gegessen.“

„Toast wär geil. Aber keinen Tee. Vielleicht ein Cola.“ Clown sah aus wie ein Häuflein Elend mit seinem blauen Auge und dem Gesicht voller mit Hansaplast verklebter Schrammen.

„Du traust dich was, Panther“, sagte Eisenherz ehrfürchtig.

„Wenn ich mich nichts mehr trau, wer dann?“, erwiderte Panther, schob ein Sandwich in den Toastgrill und holte ein Cola aus dem Kühlschrank.

„Schön, wenn man solche Freunde hat“, sagte Eisenherz zu Clown, der immer noch stand. „Komm, setz dich her zu mir.“

„Er ist mein letzter. Sonst habe ich keine Freunde mehr. Auch keine Freundin“, antwortete Clown.

„Du wirst noch viele Freunde haben und noch mehr Freundinnen in deinem Leben.“

„Mein Leben ist hin. Ein einziges Downgrading.“

„Da hast du ganz schön Fersengeld geben müssen, was? – Auch wenn du nicht ganz unschuldig warst, oder? – Aber mach dir nichts draus. Es wird schon wieder. Auch wenn's heut Abend noch nicht ganz so ausschaut.“

Eisenherz sah, dass Clown unter seinem verklebten Auge ein paar dicke Tränen vergoss.

„Ich bin doch nur ein junger Depp. Ich bin grad sechzehn. Und jetzt sind's alle hinter mir her. Das war doch alles nicht so ernst.“

Jetzt flossen die Tränen in Strömen. Eisenherz zog ein Taschentuch aus der Hosentasche und schob es zu Clown hinüber.

„Und mit der Michi, das war auch nicht so ernst?“

Clown schnäuzte sich und putzte sich die Nase. „Doch, mit der Michi schon. Und jetzt hab ich nicht einmal wen, der mir a Bussala gibt.“

„Und deine Mama?“

„Da trau ich mich nicht mehr hin, seit die Polizei dort war.“

„Hast Angst?“

„Vorm Satan, da hab ich mich nie g'fürcht, aber vor der Polizei, da fürcht ich mich schon. Der Satan, das war doch nur ein Spaß. Wir wollten uns doch nur – a bissl bemerkbar machen, wennst verstehst, was ich mein.“

„Das ist euch ja auch gelungen.“

„Aber ich hab doch ka Leich net aufg'schlitzt. Ich doch nicht. Und schon gar ka Herz rausg'rissen. Ich bin doch ka Herzerlfresser. Ich bin doch nur a Clown.“

Jetzt strömten die Tränen erneut. Panther servierte den Toast in einer Papierserviette, und Clown schnäuzte sich hinein.

„Magst die Michi noch?“

„Was nutzt's, wenn sie mich nimma mag?"

„Vielleicht mag's dich ja auch irgendwann wieder. Du könntest ihr zum Beispiel einen Tipp geben, für den sie dir sicher dankbar wäre."

„Was'n für a Tipp?"

Clown trank sein Cola in einem Zug aus und biss hungrig in seinen Toast.

„Du könntest ihr sagen, dass es keine gescheite Idee ist, morgen Abend in der Herzerlfresserhöhle aufzukreuzen. Für sie nicht, für den Lederjack nicht, für gar niemanden."

„Warum?"

„Glaub mir, ich hab meine Gründe. Zumindest hatte der Kommissar Muj seine Gründe, mir einen Tipp zu geben. Und sie wird dir dankbar sein, wenn du ihn weitergibst. Warum, wird sie vielleicht erst übermorgen wissen."

„Und wie soll ich ihr das sagen?"

„Ruf's halt an."

„Das trau ich mich net."

„Doch, du traust dich."

„Ich helf dir dabei", sagte Panther bereitwillig. „Was passiert morgen Abend in der Herzerlfresserhöhle?"

„Nichts, was irgendwem Spaß machen würde. Außer vielleicht dem Grätenschleifer."

„Ich verstehe."

„Und ich muss wieder raus in die Kälte. Am liebsten tät ich mir ein Taxi rufen und mich heimfahren lassen."

„Aber du bist doch das Taxi."

„Eben."

***

Muj war später dran als sonst am Morgen. Seit er Grätenschleifer am Vortag auf seinem Sessel sitzen gesehen hatte, fühlte er sich auf eine eher moralisch als bürokratisch begründete Weise vom Dienst freigestellt. Er putzte sich die Zähne und staubte die Gurkenglassammlung länger als üblich ab. Auch nach dem Frühstück, das aus einer halben Packung Soletti und zwei aus dem Automaten heruntergelassenen Espressos bestand, trödelte er noch herum und fand in seiner Mailbox schließlich eine Nachricht von Camilla. Sie wollte wissen, wie es bei Mama in Mestre war und wie es Oma ging und bedankte sich noch einmal für die Einladung ins Café Sacher. Als Attach hatte sie Muj einen Youtube-Link geschickt, der einen Ausschnitt aus der berühmten Aufführung der Göttlichen in Baden-Baden zeigte. Die göttliche Anna sang das große Duett aus Tschaikowskis Oper über die blinde Königstochter Jolanthe, die durch die aufrichtige und reine Liebe des Grafen Vaudemont wieder sehend wird.

Minutenlang lauschte Muj dem zunächst zögerlichen, aber dann immer deutlicher hör- und fühlbaren Liebeserwachen. Und als Vaudemont zum Schluss seine Arme um die immer noch unscharfe, aber umso göttlichere Anna in ihrem kurzen, figurbetonten Silberkleidchen legte, da beneidete Muj Vaudemont zunächst, doch bald schon fand er sich an seiner Stelle, nippte an seinem Espresso und begann vor Rührung zu weinen.

Doch während Muj sich seine Krokodilstränen aus den Augen wischte, mischten sich in die Orchesterbegleitung einige böse Dissonanzen, die mit Tschaikowskis herrlicher Musik und Annas göttlicher Stimme nicht das Geringste zu tun hatten. Es war, als würde das allmähliche Crescendo dieser von Takt zu Takt stürmischer werdenden Liebe durch den Aufmarsch einer Blasmusikkapelle gestört werden. Doch die Blasmusik kam nicht aus den Verstärkerboxen von Mujs PC, sondern sie drang wie aus einer fremden Welt von außen herein.

Allein: Die fremde Welt war die wirkliche, und die Blasmusik stammte von Mitgliedern der Werkskapelle

Kindberg, die draußen am Friedhof Aufstellung genommen hatte und zu einem Begräbnis aufspielte.

Muj, der immer noch in dem marineblauen Pyjama, den ihm seine Töchter zum letzten Vatertag geschenkt hatten, vor seinem PC saß und vom Balkon aus zwar hören, aber nicht sehen konnte, was sich am Friedhof abspielte, kleidete sich rasch an und lief in den Halbstock des Stiegenhauses hinab, wo ein großes Fenster den Blick auf das Friedhofsgeschehen freigab.

Es hatten sich erstaunlich viele Menschen vor der Friedhofskapelle versammelt, so viele, wie es sonst nur üblich war, wenn bedeutende Honoratioren zu Grabe getragen wurden. An der Spitze des Trauerzugs glaubte Muj Herlinde Gober zu erkennen, doch er war sich nicht ganz sicher. Muj stülpte seinen Burberry um, stieg in den Lift und fuhr ins Erdgeschoß hinab, von wo es nur noch ein paar Schritte zum Friedhof waren.

Der Leichenzug, dem Muj sich anschloss, bewegte sich auf ein kleines Wiesengrab in der bescheideneren Abteilung des Friedhofs zu, abseits der marmornen Familiengruften an der Friedhofsmauer. Muj scherte aus dem Zug aus und umrundete den Kondukt so großräumig, dass er die Trauernden von vorne betrachten konnte.

Es war tatsächlich Herlinde Gober, die von einer langmähnigen blonden jungen Frau und einem hochgeschossenen jungen Mann gestützt, ja fast getragen wurde. Muj erkannte unschwer die beiden jungen Leute, die er auf dem Bild mit dem Pinkrahmen im Grazer Studentenheim gesehen hatte. Beide trugen Schwarz, Desiree auch schwarze Netzstrümpfe, die, wie Muj fand, angesichts des traurigen Anlasses ein bisschen zu viel Haut freigaben.

Muj musterte die Gesichter der beiden Gober-Kinder und fragte sich, wie die beiden in einen so schrecklichen Mordfall, über den der Satan selbst seine Hand gelegt zu haben schien, hineinpassen sollten. Er fand keine schlüssige Antwort auf diese Frage.

Außer der Familie Gober selbst trugen nur wenige Leute Trauer, darunter auch Herr Tonninger, der Mortadella-Schneider vom Brucker Großmarkt. Ansonsten schien der größte Teil des Trauerzugs aus Schaulustigen zu bestehen, die nicht die Tragik des Geschehens, sondern das Spektakuläre des Kriminalfalls hierhergelockt hatte.

Der Pfarrer tat sich hörbar schwer, am Grab tröstliche Worte für die Familie zu finden, und flüchtete sich in pathetische Allgemeinplätze, die niemandem halfen, aber zumindest würdig klangen.

Kiebitze, die gekommen waren, um Zeugen eines Eklats oder auch nur des Zusammenbruchs der Witwe zu werden, wurden enttäuscht. Wenn man die Hintergründe des Falles nicht kannte, war es ein Begräbnis wie jedes andere auch. Muj wusste um die Hintergründe. Aber kannte er sie wirklich so genau?

Nachdem sich die Menge allmählich zerstreut hatte, wartete Muj am Friedhofstor auf die Familie Gober.

„Sie erinnern sich vielleicht noch an mich“, stellte er sich Herlinde Gober vor. „Berirksinspektor Muj. Nochmals mein tief empfundenes Beileid.“

„Wie könnte ich Sie vergessen“, hauchte Herlinde Muj mehr als sie sprach.

„Und das sind, so nehme ich an, Ihre beiden Kinder. Ist die Tochter doch noch gekommen?“

Herlinde Gober nickte, und Muj drückte auch ihnen sein Beileid aus.

„Wenn ich irgendwie helfen kann, Sie wissen ja, wo Sie mich erreichen“, sagte Muj.

„Vielen herzlichen Dank“, erwiderte Desiree, „aber wir kommen schon zurecht.“

Muj überlegte, ob er es bei diesem kurzen Gespräch belassen und aus Pietät erst später noch einmal auf die

Familie zukommen sollte. Dann siegte jedoch seine berufliche Neugier.

„Sind Sie gerade erst aus Sizilien gekommen, oder konnten Sie Ihrer Frau Mutter in den letzten schweren Tagen beistehen?", fragte er Desiree ziemlich unverblümt.

„Ich kam erst heute Nacht an, leider", erwiderte Desiree, ohne dabei eine Miene zu verziehen.

„Es ist nur eine kleine Formalität", sagte Muj, „aber ich benötige Ihre Fahrkarte – zur Dokumentation des Falles, damit alles seine Ordnung hat."

Desiree hatte mit dieser Frage sichtlich nicht gerechnet. Sie schien den Bruchteil einer Sekunde lang geschockt, fing sich aber gleich wieder.

„Die können Sie gleich haben. Ich denke, ich habe sie noch in der Tasche." Desiree zog ihre Geldbörse aus der schwarz lackierten Handtasche und kramte darin ziemlich umständlich herum. „Seltsam, ich müsste sie doch noch haben."

„Vielleicht hast du sie zuhause schon ausgeräumt", sprang ihr Bruder hilfreich ein.

„Kein Problem", sagte Muj, „Sie können sie mir ja in den nächsten Tagen aufs Revier bringen. Es ist, wie gesagt, nur eine Formalität."

„Danke für Ihr Verständnis", sagte Desiree.

„Meine Kollegen und ich sind dem Mörder Ihres Vaters übrigens dicht auf den Fersen. Wir werden diese Satanisten bald gestellt haben. Sie können beruhigt sein", sagte Muj.

Desiree schien jedoch ganz und gar nicht beruhigt zu sein. Herlinde Gober hatte sich inzwischen allerdings schon zum Gehen gewandt. Muj verabschiedete sich artig, und die beiden jungen Gobers folgten ihrer Mutter.

Muj ging unterdessen noch einmal zum Grab zurück. Ein paar Meter entfernt stand eine kleine, nicht mehr ganz junge, aber sehr aparte Brünette, die zwar feierlich, aber nicht schwarz gekleidet war und sich minutenlang nicht von der Stelle rührte, als würde sie beten.

Muj sah ihr eine Weile dabei zu und fragte dann: „Sind Sie eine Angehörige des Toten?“

Sie sagte lange nichts, als müsste sie darüber erst nachdenken.

„Nein, nur eine Arbeitskollegin. Hanna Wokala, mein Name. Und Sie sind der Kommissar Muj, nicht wahr?“

Muj nickte wohlwollend, reagierte aber nicht weiter auf diese Anrede. Hanna Wokala wirkte aus der Nähe noch aparter und jünger als aus der Ferne, aber auch noch mitgenommener.

„Es ist immer schrecklich, wenn jemand aus der Mitte des Alltags gerissen wird.“

„Es gibt Lücken, die nicht mehr gefüllt werden können, da haben Sie Recht.“

Dann ließ sie Muj alleine am Grab stehen und verließ eiligen Schrittes den Friedhof.

Muj überlegte, was ihn am letzten Satz von Frau Wokala irritiert hatte. Dann wusste er es plötzlich: Das Herz des Ermordeten – es war noch immer nicht aufgetaucht.

***

Muj hatte im Laufe seines Berufslebens einen sechsten Sinn für die An- oder Abwesenheit von Polizisten an einem Ort entwickelt. Und dieser Sinn sagte ihm, als er vom Friedhof in die Konditorei Pesl spazierte, dass Kindberg heute randvoll mit Polizei war, obwohl man sie auf den ersten Blick nicht sah.

Das begann schon mit den beiden Polizeihubschraubern, die ihre Adlerkreise über den Töllmarkogel zogen und die ansonsten nur nach Kindberg fanden, wenn auf der Autobahn ein Unfall oder ein Megastau war. Und auf dem gut abgeschirmten Vorplatz der stillgelegten Fabrik am Angerweg, den Muj überquerte, herrschte ungeahnte Betriebsamkeit. Gleich zwei Polizeibusse mit getönten Fenstern waren am Fabriksgelände geparkt, und Muj roch förmlich, dass hinter diesen Fenstern eine aus Graz abgestellte Spezialeinheit schwer bewaffnet auf ihren Einsatz wartete. Selbst auf der Hauptstraße vor der Konditorei Pesl stand ein Polizeiauto, das freilich vorschützte, nur Verkehrskontrollen durchzuführen. Dass es in Wahrheit hinter einer schwarzen Limousine her war, wusste nur Muj – und Grätenschleifer.

Muj ahnte, wo der Brucker Möchtegern-Napoleon sein Hauptquartier für den bevorstehenden Großeinsatz aufgeschlagen hatte, verspürte allerdings nicht die geringste Lust, das auch an Ort und Stelle nachzuprüfen. Also rief er lieber Sylvia Golubits an, die schon dringend auf diesen Anruf gewartet hatte.

„Ich hätte Sie ja selbst schon längst angerufen. Aber ..." – sie dämpfte ihre Stimme – „hier haben die Glaswände neuerdings Ohren."

„Hockt er schon wieder auf meinem Sessel?"

„Ich sage nur: Die Dose ist wieder an ihrem Platz. Er hat auch schon nach Ihnen gefragt." Ihre Stimme wurde wieder lauter.

„Können Sie jetzt freier sprechen?"

„Er ist gerade aufs Klo gegangen."

„Fein. Wenn er zurückkommt, so sagen Sie ihm einfach, ich sei der georgischen Diebsbande auf der Spur und könne jetzt nicht kommen."

„Ich dachte, das seien keine Georgier."

„Für Grätenschleifer klingen Georgier sicher einleuchtender als Kapfenberger."

„Gut, ich sag's ihm. Der ist vielleicht ein Einteiler! Für den späten Nachmittag hat sich übrigens auch der Polizeipräsident angekündigt."

„Danke für den Hinweis. Ich melde mich wieder."

***

Dass Muj Jasmine Reininger treffen musste, war wohl der Anlass, aber keineswegs der wahre Grund, im Café Pesl einzukehren. Der wahre Grund war das Café Pesl selbst. Und deshalb war Muj auch gar nicht enttäuscht, als man ihm sagte, dass man Jasmine Reininger erst in etwa einer Stunde erwartete, denn sie sei in der Früh beim Begräbnis ihres Schwagers gewesen und sitze wohl jetzt beim Leichenschmaus draußen beim Jägerwirt im Kindberggraben. Spätestens um halb eins würde sie jedoch kommen und in der Backstube das Gebäck ausfassen, mit dem sie am Nachmittag ins Gei führe, wie man in der Steiermark für Hauszustellung sagte.

Mit der ganz nebenbei gegebenen Auskunft, dass es sich bei Jasmine Reininger um die Schwägerin des Mordopfers und damit um die Schwester Herlinde Gobers handle, wusste Muj schon vor dem Gespräch fast alles, was er von Reininger wissen wollte – und konnte sich hemmungslos den Backstubendüften und sonstigen Verlockungen des Café Pesl hingeben.

Die Biobäckerei-Konditorei Pesl war – und zwar keineswegs nur für Muj, sondern für die meisten Kindberger – die kulinarische Zierde des Stadtplatzes und eine Mischung aus Schuld und Sühne. Die Schuld wurde in Form von Cremeschnitten und Schaumtörtchen aufgeladen, während man als Sühne für das Naschen nahezu ausschließlich über Krankenhaus, Altersheim sowie über die in Kindberg besonders zahlreich niedergelassenen Ärzte und deren gute Ratschläge diskutierte. Im Stimmengewirr unter den alten Gewölben des ehemaligen Klosters hörte man kaum ein Gespräch, das sich nicht um Diät- oder Gesundheitsprobleme drehte. Das Café Pesl durfte also mit Fug und Recht als bedeutendes Zentrum der Kindberger Vorsorgemedizin gelten.

Muj, der ganz alleine in einer plüschigen Ecke gleich neben dem Zeitungstisch Platz genommen hatte, mischte sich in diese Gespräche zwar nicht ein, doch auch er räsonnierte im Stillen über die Dämonie des Nusskipferls, das er soeben bestellt hatte. Die gefährlichsten Dinge im Leben, überlegte Muj, während er seinen Großen Braunen heroisch mit Kandisin süßte, waren die alltäglichen. Sobald sie einen bedrohten, wurden sie gefährlicher als jede Mordwaffe. Es fielen ja auch viel mehr Menschen von Leitern und Nussbäumen als einem Polizisten Mörder in die Hände. Und jede liebende Ehefrau verfügte mit all ihren scharfen Küchengeräten in Wahrheit über ein Waffenarsenal, gegen das sich das Klappmesser von Jack the Ripper wie ein Spielzeugschwert ausnahm. Wenn man diesen Gedanken weiterdachte, so konnten, wie Doc Kotschvar nicht müde wurde zu betonen, selbstverständlich auch Nusskipferln zu tödlichen Waffen werden.

Um dermaßen trübe Gedanken zu verscheuchen, bestellte Muj sicherheitshalber gleich noch ein zweites und vertrieb sich die Zeit damit, den Damen an den Nachbartischen zuzuhören. Veim Pesl verkehrten zwar hin und wieder auch Männer, aber doch hauptsächlich Damen. Muj fühlte sich in der Pesl'schen Damenwelt auch sichtlich wohl. Denn er war zwar der Schrecken der Kinder von Kindberg, aber auch ein erklärter Liebling der Frauen. Kein anderer Kindberger konnte so schaurig und schön wahre Geschichten aus den Abgründen der menschlichen Existenz erzählen wie er. Und wenn Muj den Damen mit seinem ruppigen Charme und allzu drastischen Schilderungen hin und wieder zu nahe trat, so mochten sie selbst das und dachten dabei an ihre langweiligen Männer in den Zahnarztpraxen, Rechenzentren, Büros und Gemeindestuben, die weder viel zu erzählen noch viel Charme hatten, nicht einmal einen ruppigen wie Muj.

Mit Frauen, vor allem mit solchen jenseits der vierzig, hatte sich der Muj immer schon leicht getan. Wer einmal die 120-Kilo-Schwelle erreicht oder gar überschritten hatte, war Muj überzeugt, der setzte eine erotische Schranke zwischen sich und das andere Geschlecht, über die es sich locker und unaufgeregt hinwegplaudern ließ. Muj, das wussten alle weiblichen Wesen von Kindberg, stellte keiner nach, da ihn schon die bloße Möglichkeit einer Erhörung ins Schwitzen gebracht hätte. Muj stelzte nicht auf Freiersfüßen, was ihn nicht daran hinderte, mitunter ganz ordentlich zu stelzen. Wirkliche Avancen hatte er indessen noch keiner gemacht, sondern immer nur kleine, nette Komplimente. Und welche Frau hätte die nicht gern gehört?

Jasmine Reininger kam erst nach dem dritten Nusskipferl. Muj, der sie zwar vom Sehen kannte, dem sie aber noch nie vorgestellt worden war, bat sie an seinen Tisch. „Darf ich Ihnen zunächst mein herzliches Beileid ausdrücken“, sagte er. „Ich habe gehört, dass der Tote, den wir heute zu Grabe getragen haben, Ihr Schwager war.“

„Ja, eine schreckliche Geschichte. Vor allem für meine Schwester. Sie hat ihn ja so geliebt. Die beiden waren einmal wie Romeo und Julia, ein wunderschönes Paar und völlig wild aufeinander. Sie haben sich schon in der Hauptschule kennengelernt und einander ewige Liebe geschworen. Und jetzt – so ein Ende. Einfach furchtbar. Sie suchen den Täter in Teufelsanbeterkreisen, wird erzählt. Gibt es schon neue Erkenntnisse?“ Sie fischte einen Kamm aus ihrer Handtasche, fuhr sich damit durch den roten, kurzgeschnittenen Haarschopf und zog ihren Lippenstift nach.

„Sie sind die jüngere Schwester?“, fragte Muj.

„Ach, sieht man das? Wir liegen nämlich nicht weit auseinander, nur zwei Jahre. Aber meine Schwester sieht zurzeit nicht besonders gut aus, verständlicherweise.“

„Aber um Ihre Frage zu beantworten: Wir verfolgen tatsächlich eine Spur in Satanistenkreisen. Ich nehme an, dass Ihre Familie mit solchen nie etwas zu tun hatte."

„Wo denken Sie hin? Das Schlimmste, was man mir in dieser Hinsicht vorwerfen könnte, ist der Besuch eines Krampuskränzchens. Herlinde ging nicht einmal auf so was. Sie hat immer sehr zurückgezogen gelebt, mit ihrem Klavier, ihren Büchern und ihren Aquarellen."

„Haben Sie viel Kontakt zu Ihrer Schwester?"

„Leider sehr wenig. Obwohl wir doch ganz in der Nähe drüben in der Stanz wohnen. Aber wenn ich vorher sagte, dass sie Leopold abgöttisch geliebt hat, so muss ich leider auch zugeben, dass ich ihm immer skeptisch gegenübergestanden bin."

„Wieso das?"

„Er hatte es von Anfang an faustdick hinter den Ohren, um nicht zu sagen, er war ein kleiner Hallodri. Der hat angeblich mit der ganzen Fleischabteilung vom Großmarkt was gehabt. Soweit sie weiblich war, natürlich."

„Hat Ihre Schwester davon gewusst?"

„Natürlich nicht. Sie hätte ihn sonst sofort verlassen. Sie versteht in dieser Hinsicht keinen Spaß. Aber über Tote soll man nichts Schlechtes reden, verzeihen Sie."

„Da ist noch etwas, das ich Sie fragen wollte und was eigentlich der Grund ist, warum ich Sie sprechen wollte."

„Da bin ich aber gespannt."

„Es ist der Name Reininger. Der Mädchenname Ihrer Schwester war, nehme ich an, auch Reininger."

„In der Tat."

„Eine alteingesessene Kindberger Familie, nehme ich an."

„Wie man's nimmt. Unsere Familie ist nach dem Ersten Weltkrieg aus Cilly eingewandert, dem heutigen Celje. Unser Urgroßvater war dort Garnisonskommandant unter Kaiser Franz Joseph." Sie sagte das mit einem so unverhohlenen Stolz, als ob diese heroische Verwandtschaft das bisher Beste an ihrem Leben gewesen wäre.

„Mir ist nur aufgefallen, dass Reininger auch der Name des Herzerlfressers war. Nach ihm ist das Marterl benannt, in dessen Nähe man den Ermordeten gefunden hat."

„Erstaunlich, ja. Jetzt, wo Sie es sagen, fällt es mir auch wieder ein. Herlinde hat, als wir beide noch jünger waren, gerne Geschichten geschrieben. Vor allem Schauergeschichten über Sagen, aus der Umgebung. Später hat sie völlig damit aufgehört und sich mehr der Musik gewidmet, und dem Aquarellieren."

„Sie hat sich also auch mit dem Herzerlfresser von Kindberg beschäftigt?"

„Ja, allerdings nicht besonders ernsthaft. Sie fand es nur lustig, sagte sie, dass er genauso hieß wie wir, obwohl der Fall doch viel länger zurückliegt, zur Zeit Kaiserin Maria Theresias oder so."

„Sie haben mir sehr geholfen, Frau Reininger", sagte Muj. „Darf ich Sie noch auf ein Nusskipferl einladen?"

„Ich würde gerne, aber Sie wissen ja ..."

„... die Gesundheit."

„Genau."

„Ihre Haarfarbe passt übrigens hervorragend zu dem dunklen Kostüm."

„Die ist aber nicht echt", erwiderte Jasmine Reininger mit einem verschämten Lächeln.

„Aber hervorragend gewählt", sagte Muj und lächelte zurück. Diesmal nicht nach innen, sondern nach außen.

***

Das Kindberger Schloss war im Licht der untergehenden Sonne nur noch als Scherenschnitt zu erkennen, als Prinz Eisenherz am Bahnhof vorbeifuhr. Da schon seit einer halben Stunde kein Auftrag hereingekommen war, beschloss er, bei Panther auf einen Espresso vorbeizuschauen. Es lag eine lange Nacht vor ihm, und ein kleines Aufputschmittel konnte nicht schaden.

Panthers Bahnhofswirtshaus war um diese Zeit noch völlig leer. Nur am Tisch mit den beiden Schaufensterpuppen saß ein lebendiger Mensch vor einem schon fast geleerten Viertel Weißwein.

„Der wievielte Welsch ist es denn heute schon, mein König?“, fragte Eisenherz wenig zartfühlend.

„Bin immer noch bei den Dienstachterln, mein Prinz. Ich bin der georgischen Diebesbande auf der Spur. Meine übrige Arbeit erledigt ja der Grätenschleifer.“

„Sieht mir eher nach einem Dienstvierterl aus, mein König. Hast du mir nicht erzählt, es gäbe gar keine georgische Diebsbande hier im Bezirk?“

„Das ist ja auch der Grund, warum ich meine Ermittlungen stressfrei am Wirtshaustisch führen kann. Als du reingekommen bist, habe ich dich schon fast für einen Georgier gehalten.“

„Wusstest du nicht, dass ich nebenbei auch Prinz von Georgien bin, mein König?“

„Und ich bin der König von Absurdistan. Prost! Was tut sich denn draußen in meinem Reich?“

„Dicke Luft, würde ich sagen.“

Muj steckte sich eine Virginier an.

„Das habe ich nicht gemeint“, sagte Eisenherz. „Da draußen sieht’s aus wie vor der Schlacht von Austerlitz. Überall Bewaffnete.“

„Solange ihr mir nicht wieder so eine Schlachtplatte anrichtet wie beim letzten Mal“, meldete sich Panther, der gerade aus seinen unterirdischen Gemächern aufstieg.

„Das waren nicht wir, das war der Clown“, verteidigte sich Muj.

„Lass den armen Clown in Ruh“, pfauchte Panther.

„Ist ja gut“, sagte Eisenherz. „Wie geht's ihm denn in seinem Fernfahrerkammerl?“

„Der hat Hausarrest. Nach dem Tipp, den du ihm gegeben hast, wollte er einfach davonrennen und die Michi warnen. Ich hab ihn aber in Schutzhaft genommen und ihm dafür mein Handy geborgt.“ Panther zog einen Schlüssel aus seiner Hosentasche und schwenkte ihn wie eine Trophäe.

„Du hättest Bewährungshelfer werden sollen“, antwortete Eisenherz.

„Gibt es da etwas, was ihr beide wisst und das ich vielleicht auch wissen sollte?“, mischte sich Muj ein, nachdem er mit seiner Virginier ein geradezu vorbildhaftes Ringerl in den Raum geblasen hatte.

„Bravo, mein König. Du wirst noch zum Herrn der Ringe.“

„Nicht ausweichen, mein Prinz. Also sagt schon, was los ist.“

„Der Panther hält den Clown in seiner Höhle versteckt, bis alles vorbei ist.“

Muj räusperte sich. „Da müsste ich ja jetzt glatt zum Amtshandeln anfangen“, erwiderte er mit strengem Blick.

„Wenn der Clown ein Georgier wäre, sicher“, sagte Eisenherz. „Ist er aber nicht.“

„Du meinst also, ich bin auf der falschen Spur?“

„Mit Sicherheit, mein König.“

„Mich packt allerdings echt die Lust, heute noch ein paar Räuber einzufangen.“

„Meine Karosse steht dir zur Verfügung, mein König. Und etwas Waldluft würde dir sicher gut tun, so wie schnaufst. Und im Wald, da sind sie doch, die Räuber?“

„Genau“, sagte Muj, trank seinen Welsch aus und raffte sich auf.

„Halali“, rief ihnen Panther nach.

***

Als Eisenherz mit Muj am Beifahrersitz die Schlossallee hinauffuhr, merkte er, dass sich das nächtliche Gestrüpp am Wegesrand mit zunehmender Nähe der Herzerlfresserhöhle immer häufiger zu bewegen begann.

„Der Wald lebt“, sagte Eisenherz.

„Gottlob fährst du einen blauen Peugeot und keinen schwarzen Mercedes“, erwiderte Muj.

„Ein Mercedes wär mir lieber, aber den kann ich mir nicht leisten“, erwiderte Eisenherz. „Außerdem fährt Magic Melmoth sicher nicht mit einem Taxischild durch die Gegend.“

Nach einer Weile hatten sie die Herzerlfresserhöhle erreicht und hinter einem Holzplatz in etwa hundert Meter Entfernung die beiden Polizeibusse entdeckt, in denen außer den beiden Fahrern keiner mehr saß. Etwas weiter hinten im Wald waren die Umrisse eines Gefangenenwagens zu erkennen.

„Die scheinen sich ja auf reiche Beute eingestellt zu haben“, sagte Eisenherz.

„Darum umstellen sie jetzt auch die Höhle“, sagte Muj.

„Trickreich, dieser Grätenschleifer, das muss man zugeben.“

„Na, hoffentlich geht ihm auch jemand die Falle“, grinste Muj.

„Vielleicht der Polizeipräsident. Ich glaube, er ist direkt hinter uns“, sagte Eisenherz und stieg aufs Gas.

Tatsächlich hielt auf einer versteckten Lichtung unweit der Höhle ein schwarzer Personenwagen mit der Nummer PP1 an, dem Grätenschleifer und der Polizeipräsident entstiegen. Zwei Polizisten stürzten aus dem Dunkel auf sie zu und entschwanden mit den beiden Zivilisten.

„Da hinten ist ein Hochstand, von dem man die Höhle gut im Blickfeld hat“, sagte Eisenherz. „Eigentlich hätte ich diesen Logenplatz für uns beide vorgesehen gehabt, aber ich fürchte, den müssen wir dem Präsidenten überlassen."

„Ich klettere ohnedies nicht gern auf Hochstände."

„Musst du auch nicht. Wir beide umstellen ja keine Teufelshöhlen, sondern jagen nur Georgier."

Eisenherz fuhr noch ein paar hundert Meter weiter und bog dann in einen Forstweg ein.

„Direkt über der Höhle ist ein Felsen, von dem wir trotzdem eine gute Aussicht haben. Soweit wir in dieser Finsternis überhaupt was zu sehen kriegen."

„Scheinst dich ja wirklich gut auszukennen in diesem Wald."

Vom Rücksitz ertönte ein keuchendes Schnauben.

„Kusch, Splinta, du bist kein Polizeihund und hast heute Pause!", kommandierte Eisenherz. Die schwarze Wölfin streckte alle Viere von sich und schlief weiter.

„Hoffentlich verrät sie uns nicht durch ihr Bellen", sagte Muj, dem bei der Vorstellung eines nächtlichen Zusammentreffens mit Grätenschleifer und seinem Präsidenten einigermaßen mulmig wurde.

„Keine Angst, Splinta ist gut erzogen", beruhigte ihn Eisenherz. „Wenn ich kusch sage, stellt sie sich tot und macht keinen Mucks mehr."

Die beiden ließen den Hund zurück, stiegen aus dem Auto und gingen durch das Gestrüpp ein paar Schritte nach vor.

„Der Höhleneingang liegt jetzt direkt unter uns", sagte Eisenherz. „Die Vorstellung kann beginnen. Es wird aber besser sein, wir legen uns auf den Boden, damit uns im Ernstfall nicht zufällig ein Scheinwerferkegel streift."

„Bei der feuchten Kälte ..."

„Wer einen Georgier fangen will, der muss schon ein bisschen leiden", sagte Eisenherz und warf sich in Guerillamanier auf den Boden. Muj ging in die Hocke, hielt es aber dort nicht allzu lange aus und setzte sich auf einen bemoosten Stein.

Je besser sich Mujs Augen an die Dunkelheit gewöhnten, desto mehr bekam er von Grätenschleifers „Strategie“ mit. Es waren mindestens zwei, wenn nicht drei Dutzend Polizisten anwesend, die rund um den Höhleneingang einen geschlossenen Halbkreis gebildet hatten, der nur den Waldweg von der Straße zur Höhle aussparte. Jetzt brauchten nur noch die Satanisten anzutanzen, und sobald sie mit ihrer schwarzen Messe begannen, konnte Grätenschleifer die Falle zuschnappen lassen und zunächst den Magier aus Wien und danach jedes einzelne Teufelskind auffordern, die Höhle mit erhobenen Händen zu verlassen. Und dass sich im Verlauf der folgenden Verhöre der Herzerlfresser-Fall restlos aufklären lassen würde, dessen schien Grätenschleifer sich wohl völlig sicher zu sein. Ansonsten hätte er nicht ein derart aufwändiges Polizeiaufgebot angefordert.

„Würde mich nicht wundern, wenn der Dienstwagen des Präsidenten für heute die einzige Limousine bliebe, die zur Herzerlfresserhöhle fährt“, flüsterte Muj.

„Pscht!“, zischte Eisenherz.

Nach drei Stunden Wartezeit wurde nicht nur Muj allmählich unruhig, sondern es erhöhte sich auch der Pegel des Gemurmels hinter den Büschen. Auch vom Hochstand her, der von Mujs und Eisenherzs Felsenausguck nur knappe fünfzig Meter Luftlinie entfernt war, wurden immer öfter Wortfetzen hörbar: „Aktion abbrechen ... Mitternacht ... Satanisten ... Geisterstunde ... sicherer Tipp.“ Es war nicht auszumachen, wer von den beiden was sagte, aber es schien so, als bahnte sich zwischen dem Präsidenten und seinem neuen Musterschüler eine kleine Auseinandersetzung über die weitere Abendgestaltung an.

Die Aktion wurde tatsächlich bis kurz vor Mitternacht fortgesetzt, als plötzlich ein Scheinwerferlicht das Dunkel zerriss und ein Motorengeräusch hörbar wurde. Das dazu gehörende Motorrad bremste sich unmittelbar vor dem Waldweg zur Herzerlfresserhöhle ein.

Jegliches Raunen verstummte binnen Sekunden. Zu hören waren nur noch dumpfe Schritte, die sich der Herzerlfresserhöhle näherten.

Lederjack hielt vor dem Höhleneingang inne, schnippte mit dem Feuerzeug und zündete sich einen Tschick an. Doch bevor er noch den ersten Zug machen konnte, wurde er gleich von vier Polizisten überwältigt, zu Boden gezwungen und am Rücken mit Handschellen gefesselt.

Nun knarrte es im Gebälk. Grätenschleifer und sein Präsident stiegen die ächzende Leiter hinab.

„Na, da haben wir ihn ja, den Satanisten", sagte Grätenschleifer.

„Eine schwache Ausbeute", grunzte im Hintergrund der Präsident.

„Wo sind die anderen. Los, red schon", schrie Grätenschleifer den völlig verduzten Lederjack an. „Wo ist euer Magic Melmoth? Der müsste doch schon längst da sein. Oder habt ihr etwa die Höhle gewechselt für eure schwarze Messe?"

„Was für eine schwarze Messe?", fragte Lederjack, der tatsächlich nicht recht zu wissen schien, wie ihm geschah.

„Jetzt tu nicht so unschuldig, Bürscherl! Wir wissen genau, dass du zu einer satanistischen Sitzung unterwegs bist. Wir sind besser informiert, als du denkst."

„Ich habe ein Rendezvous mit meiner Braut", sagte Lederjack.

„Um diese Zeit mitten im Wald? Wie sollte sie denn da überhaupt herkommen, Ihre Braut? Und was wollten Sie denn dann mit ihr tun?", fragte der Polizeipräsident.

„Das überlasse ich Ihrer Phantasie, Herr Inspektor." Aus dem Wald ertönte Gelächter. „Aber ich nehme an, Sie waren auch einmal jung."

„Abführen und erkennungsdienstlich behandeln, den Mann", krächzte Grätenschleifer, während immer mehr Polizisten sichtbar wurden. Zwei von ihnen führten Lederjack zum Gefängniswagen.

„Ich hab nicht gewusst, dass Schnackseln im Wald neuerdings polizeilich verboten ist", rief Lederjack Grätenschleifer durch die Finsternis nach.

„Das war's dann wohl. Aktion abbrechen!", kommandierte der Präsident und sagte dann zu Grätenschleifer: „Den werden wir wohl spätestens morgen früh wieder auf freien Fuß setzen müssen. Ein heißer Tipp, muss ich schon sagen, Herr Bezirksinspektor."

„Der Tipp kam ja vom Muj", stöhnte Grätenschleifer verzweifelt.

„Ach ja, der Muj, wo ist er denn eigentlich?", fragte der Präsident.

„Wo immer er ist, ich reiß ihm den Arsch auf, wenn ich ihn erwische."

„Aber Grätenschleifer! Wie reden Sie denn über Kollegen?", tadelte der Polizeipräsident und ging zu seiner schwarzen Limousine, um sich wieder nach Graz zurückfahren zu lassen.

Muj lachte indessen nach innen, wie er schon lange nicht mehr gelacht hatte.

Hochzeitstag

Der nächste Morgen begann für Muj mit einem Keulenschlag. Dabei hatte er doch nur beschlossen, sich sein Frühstück nicht selbst zuzubereiten, sondern zur Feier seines unmittelbar bevorstehenden Triumphs über seinen Feind Grätenschleifer bei Panther einzunehmen.

„Ach, jetzt habe ich meine Morgenvirginier vergessen", sagte er zu Panther, nachdem er an seinem großen Braunen genippt hatte. „Kannst du mir bitte eine neue Schachtel bringen?"

Panther druckste eine Weile herum und stieg verlegen von einem Fuß auf den anderen. „Du musst jetzt sehr tapfer sein, Engelbert."

„Was soll denn das heißen. Was um Gottes Willen ist denn passiert?"

„Die Tabakregie hat die Virginier-Produktion eingestellt."

„Was soll das heißen, eingestellt?"

„Eingestellt heißt eingestellt. Werden nicht mehr produziert. Weder im In- noch im Ausland. Unrentabel. Du hast zu wenig geraucht."

„Aber das ist ja ..." Muj trank seinen großen Braunen in einem Zug aus. „Das ist ja ... eine Katastrophe ... Soll das heißen, du hast nicht einmal mehr eine Morgenvirginier für mich?"

„Zwei Schachteln habe ich noch auf Halde."

Mujs Züge heiterten sich wieder ein wenig auf, doch seine Gedanken liefen Amok. Muj ohne Virginier, das war wie Churchill ohne Havanna, ja noch schlimmer, wie Maigret ohne Pfeife. Er konnte es nicht glauben, dass man ihm ohne Vorwarnung von einem Tag auf den anderen einen so wesentlichen Teil seiner Identität rauben wollte.

„Ich kann ja versuchen, ob ich für dich noch ein paar Restposten aufstelle. Aber ich will dir keine großen Hoffnungen machen."

Muj schlüpfte in seinen Burberry, steckte die beiden Packungen, die ihm Panther hingelegt hatte, geistesabwesend in die Manteltasche und warf zwei Scheine auf die Tischplatte. Dann verließ er die Stätte, auf der sich erst vor kurzer Zeit eine Hamlet-Tragödie abgespielt hatte, und wankte gebrochen zur Tür hinaus wie König Lear in die Heide.

Bevor er draußen war, machte er jedoch noch einmal kehrt und rief fast euphorisch: „Toscani! Das ist es. Ich werde in Zukunft Toscani rauchen. Ein Grund mehr, öfter mit der Südbahn nach Mestre zu fahren!"

***

Die Tür zum Haus der Witwe Gober stand weit offen, als Muj vor dem Haus mit den Eternitschindeln stand, die ihm heute noch grauer und unwirtlicher vorkamen als bei seinem letzten Besuch.

Muj läutete anstandshalber, doch niemand schien die Klingel zu hören. So betrat er einfach das Haus und ging durch den Flur und die Küche ins Wohnzimmer. Dort fand er Desiree Gober, die gedankenverloren auf ein Stück Papier starrte.

Desiree erwiderte seinen Gruß nur durch ein stummes Nicken.

„Sie waren nie in Taormina, zumindest nicht in der letzten Woche, stimmt's?"

Desiree nickte abermals und drückte Muj das Stück Papier, auf das sie gestarrt hatte, in die Hand.

Das Papier war ein Billet, auf dem in wunderschöner verschlungener Schrift „Meinem geliebten Leo zum ersten Hochzeitstag" stand. Darunter hatte Herlinde

Gober in kalligraphisch gestochener Schrift ein kurzes Gedicht geschrieben:

Du bist beschlossen in meinem Herzen,
Verloren ist das Schlüsselein
Und du musst ewig drinnen sein.
Ich lass dich nicht aus meinem Leben raus,
Und wenn du mir mein Herzerl brichst,
so reiß ich dir das deine aus!

Muj klappte das Billet zu und fand auf der Titelseite ein Aquarell des Herzerlfressermarterls.

„Sie haben es beim Begräbnis schon gewusst, stimmt's?", fragte Desiree mit zitternder Stimme.

„Sagen wir, ich habe es geahnt."

„Danke, dass Sie mit der Verhaftung gewartet haben. Alex und ich haben seither versucht, Mama davon zu überzeugen, dass sie sich in psychiatrische Behandlung begeben muss. Aber als wir sie fast schon so weit hatten, ist sie plötzlich davongelaufen. Alex sucht sie überall. Weit kann sie ja nicht sein."

„Und Sie, Sie suchen nicht?"

„Ich habe schon genug für sie getan. Ich habe doch alles getan, um sie zu decken. Aber es war umsonst." Desiree begann zu weinen, und der Strom ihrer Tränen wollte schier nicht versiegen.

„Sie sind Evilprincess, nicht wahr?"

„Evilprincess war meine Sitznachbarin im Gymnasium", schluchzte Desiree. „Und als es passierte, als Mama diese furchtbare Tat ..."

„... da ist Ihnen die Geschichte wieder eingefallen. Und es kam Ihnen plötzlich eine Idee, wie Sie Ihre Frau Mutter vor dem Gefängnis bewahren konnten."

„Sie hat Alex und mich angerufen und gesagt, es sei ein furchtbares Unglück passiert, mit Papa. Wir sind natürlich sofort nach Kindberg heraufgefahren, Alex aus Gleichenberg und ich aus Graz. Es war furchtbar. Papa lag blutüberströmt im Bett, und in der Mitte seines Körpers klaffte ein riesiges Loch. Mama war überraschend ruhig und gefasst, zumindest während sie uns erzählte, was geschehen war. Eine Bekannte aus dem Aquarellistenclub hatte ihr erzählt, dass Papa ein Verhältnis mit seiner Arbeitskollegin Hanna Wokala hatte. Sie hat ihn darauf zur Rede gestellt, und er hat es zugegeben. Daraufhin, so hat sie gesagt, war es für sie ganz klar und folgerichtig, was sie zu tun hatte. Sie hat ihm beim Abendessen ein Schlafmittel ins Bier geleert, und als er eingeschlafen war, hat sie Papas Messerset aus dem Schrank geholt. Sie konnte ja damit umgehen, weil sie selbst oft beim Fleischschneiden im Großmarkt ausgeholfen hat. Sie hat das größte, längste und schärfste Messer genommen und es ihm durch die Brust gestoßen, bis es hinten am Rücken wieder herauskam. Und dann ... es ist alles so furchtbar ...“ Die Tränen erstickten ihr die Stimme.

„Sie brauchen nicht weiterzureden. Ich weiß, was dann geschah. Ihre Mutter hat sich die Knochensäge geholt und ihm das Herz aus dem Leib operiert.“

Desiree war nicht mehr in der Lage weiterzusprechen.

„Sie haben dann gemeinsam mit Ihrem Bruder beschlossen, die Tat wie einen Ritualmord aussehen zu lassen. Von Ihrer Frau Mutter kannten Sie die Herzerlfressersage, denn sie hat Ihnen davon erzählt. Vielleicht hat Sie Ihnen auch etwas zu lesen gegeben, das sie früher einmal darüber geschrieben hat.“

Desiree nickte stumm und heftig.

„Ihr Bruder und Sie wickelten die Leiche in eine Plastikplane ein. Dann schafften Sie die Leiche zum Herzerlfresserweg. Und nun begannen Sie mit einem ausgeklügelten Plan den Eindruck zu erwecken, Satanisten hätten den Mord begangen – was nach den früheren Ereignissen in Kindberg durch eine gewisse Glaubwürdigkeit hatte. Sie steckten ein Nähkästchenherz mit der Aufschrift ‚Operation Satanismus is im vulln Gange!', von der Ihnen Ihre Sitznachbarin vor ihrem Selbstmord erzählt hatte, wie eine Voodoopuppe in ein Nylonsackerl, nahmen den Morgenzug nach Kindberg und warfen es durchs Fenster ins Bahnhofsrestaurant. Zuvor schrieben Sie noch mit einem Leuchtstift ‚Evilprinces' neben das Pentagramm am Brückenpfeiler. Dann sind Sie mit dem nächsten Zug zurück nach Bruck gefahren, haben in einer Fleischhauerei ein Kalbsherz gekauft und es in einem Schließfach hinterlegt, dessen Schlüssel Sie ans dortige Polizeirevier schickten. Womit Ihre eigene Operation Satanismus tatsächlich in vollem Gange war. Mehr brauchten Sie nicht mehr zu tun. Dann fuhren Sie ins Studentenheim nach Graz zurück, packten Ihre Sachen und erzählten dort ein paar Leuten, Sie würden für ein paar Tage nach Sizilien fahren. Was mich nur wundert ist, dass Sie Ihre Frau Mutter in diesem Zustand allein lassen konnten."

„Alex war bei ihr. Er ist die ganze Zeit bei Mutter gewesen. Auch wie Sie ihr die Mitteilung vom Mord an Papa überbracht haben. Er war oben in seinem Zimmer. Und am Abend bin ich ja schon wieder zurückgekommen. – Es war so ein guter Plan", schluchzte Desiree. „Und auch Mutter hat sich nicht ein einziges Mal verraten. Ihr labiler Zustand war unsere größte Sorge."

„Ja, Ihre Mutter hat perfekt mitgespielt. Allerdings glaube ich, dass das die einfachste Phase der Tat war."

„Sie war so verletzt. Sie können sich gar nicht vorstellen, wie sehr sie verletzt war. Alex und ich, wir haben ja beide gewusst oder zumindest geahnt, dass Papa fremdging, aber sie hatte davon keine Ahnung oder wollte es zumindest nicht zur Kenntnis nehmen. Sie hat aber immer gesagt, dass …“

„… sie ihn töten würde.“

„Sie war nicht eifersüchtig. Es war Liebe, wirkliche Liebe. Und deshalb hat sie ihm ja auch nicht … wehgetan … als sie sich von ihm verabschiedete.“

„Ja, so ist das manchmal bei Herzenssachen“, sagte Muj nachdenklich.

„Und wie sind Sie auf das alles draufgekommen?“, fragte Desiree, nachdem sie sich die Tränen aus den Augen gewischt hatte.

„Der Herzerlfresser selbst hat mich zu ihr geführt“, sagte Muj und zog das Gedicht aus seiner Sakkotasche, das ihm Professor Gehbacher gegeben hatte.

Desiree überflog es und begann erneut zu weinen.

„Es ist ziemlich drastisch. So drastisch wie die Tat. Als ich dann von ihrer Schwester Jasmine erfuhr, dass ihr Mädchenname Reininger war, da war mir dann plötzlich alles klar.“

„Bin ich jetzt verhaftet?“, fragte Desiree.

„Mal sehen“, sagte Muj. „Weinen Sie sich erst einmal aus.“

Muj griff zu seinem Handy.

„Ist der rote Bulle wieder in Bruck?“, fragte er Sylvia Golubits. „Ja? Dann bin ich ja wieder der Chef hier. Und als solcher gebe ich Ihnen die Anweisung, sofort eine Großfahndung nach Herlinde Gober einzuleiten. – Ja, der Herzerlfressermord ist geklärt.“

Dann wandte Muj sich noch einmal an Desiree. „Eine Frage hätte ich noch an Sie, Fräulein Gober. Was ist eigentlich aus dem echten Herz geworden?“

Desiree erhob sich von ihrem Stuhl. „Kommen Sie mit!“ Sie führte ihn in den Garten hinter dem Haus, wo unter einem Kirschbaum, der schon fast alle Blätter verloren hatte, ein kleiner Erdhügel aufgeworfen war, in dem ein Kreuz steckte.

„Er ruhe in Frieden", sagte Muj und machte sich auf den Heimweg.

***

Als Muj daheim in seiner Wohnung in der Knochensiedlung angekommen war, legte er das Nähkästchenherz mit den sieben Nadeln, das er sicherheitshalber nicht bei den Beweisstücken im Revier abgelegt hatte, in ein leeres Gurkenglas. „Gute Nachricht für dich, Nummer 51", murmelte er leise und rieb sich beinah vergnügt die Hände. „Dass Gurkengläser so schön sein können!", jauchzte er halblaut vor sich hin. Wieder ein Fall, der gelöst war. Immerhin sein fünfzigster. Das änderte freilich nichts daran änderte, dachte er im Stillen, dass das Gurkenglas mit der Nummer 27, das immer noch für die echte, die tote Evilprincess reserviert war, wohl auch bis auf Weiteres leer blieb.

Muj ging in die Küche, um sich eine Flecksuppe aufzutauen. Während er im Topf umrührte, schrillte sein Handy. Panther rief an.

„Gute Nachricht, mein Lieber. Der Lieferant von der Tabakregie war gerade da, und du wirst es nicht glauben, ich habe ihm fünfzig Packungen Virginier abgenommen, alles, was er noch an Bord gehabt habe."

„Das ist ja wirklich eine gute Nachricht", sagte Muj. „Dann können die Toscani wenigstens noch ein bisschen warten."

„Es gibt allerdings auch eine schlechte Nachricht. Meine Handkassa ist bis auf den letzten Cent geplündert. Es war ein Restposten, und ich musste bar bezahlen. Es wäre schön, wenn du deine Tabakschuld bald begleichen könntest."

„Ich komme sofort rüber", sagte Muj. „Tabakschulden sind Ehrenschulden."

Gemächlich spazierte Muj den Angerweg entlang und an den Schwänen vorbei über die alte Holzbrücke zum Bahnhof hinüber. Am Bahnhof war eine Menschenmenge zusammengelaufen. Muj mischte sich unter die Menge und erfuhr von einem Passanten, dass eine Frau sich vor einen einfahrenden Zug geworfen hatte. Muj fragte nicht nach, wer die Tote war. Er wusste es, er hatte befürchtet, dass es so enden würde – oder hatte er es insgeheim gehofft?

Ein blauer Peugeot bremste hinter ihm.

„Was ist passiert, mein König?", fragte Eisenherz durchs Fenster.

„Die Südbahn. Sie hat wieder einmal ein Opfer gefordert. Immer wieder schafft sie neue Unglücksfälle heran. Aber sie ist gewissenhaft und bringt sie dann auch wieder weg", erwiderte Muj.

„Willst Du denn gar nicht ermitteln?", fragt Eisenherz.

„Nein", erwidert Muj. „Das ist kein Fall mehr für mich. Suizidfälle gehören nicht in mein Ressort, um die kümmert sich Jakoby. Und meinen Fall konnte ich mittlerweile abschließen."

Muj atmete tief durch, und Eisenherz wusste nicht, ob es ein Seufzer der Beklemmung oder einer der Erleichterung war.

Tatsächlich war Muj erleichtert, dass es ihm nunmehr erspart blieb, eine Frau zu verhaften, die nur aus Liebe getötet hatte. Muj wusste zwar, dass die Festnahme des Täters die Essenz seines Berufes war. Dennoch hasste er Verhaftungen.

Am allmählich anschwellenden Folgeton der Polizeisirene erkannte Muj, dass seine Kollegen schon unterwegs waren. Drüben auf dem Bahndamm ließ der Wind die Blätter tanzen, und ein paar erste dicke Schneeflocken purzelten mit ihnen um die Wette. Es war zwar erst Anfang Oktober, aber in Kindberg, das wusste Muj aus Erfahrung, brach der Winter gerne früher als anderswo ein.